Sackelie

Dynainah Folks

Sackelie©

Primera Edición

Fecha de Publicación: Noviembre, 21 2021

Autor: Dynainah Folks ©

Diseño de Interior y Fotografía de Portada: Zugeily Torres©

Diagramación: Zugeily Torres©

Formato: Paperback

Impreso en Estados Unidos de América por la compañía Lulu.

Ventas:

Zugeily Torres Díaz

Correo electrónico: dfolkswriter@gmail.com / editorialfolks@gmail.com

Dirección: Urb. Bairoa, CJ 5 Calle 7 A
Caguas, PR 00725-1419.

Libro disponible en: www.lulu.com

ISBN: 978-0-692-14514-2

Agradecimientos

Prof. Yamil A. Samalot-Rivera, gracias por su mentoría y seguimiento del proyecto de grado a través de la Maestría de Escritura Creativa del Programa Graduado de la Universidad del Sagrado Corazón. Gracias por los consejos y técnicas de escritura.

Prof. Richard Rivera-Cardona, agradecida por la enseñanza de la importancia de la tecnología en la profesión del escritor.

Prof. Anuchka Ramos, gracias a usted aprendí que una novelista también lleva consigo a una gran poeta.

Prof. Ángel Ruiz Laboy, con las clases de poesía me mostró una perspectiva diferente a través de la figura del poeta.

Prof. Sergio Gutiérrez Negrón, usted fue el primer profesor que me ayudó por medio de recomendaciones a mejorar las técnicas de escritura.

Prof. Ana Teresa Toro, gracias por los maravillosos talleres durante la clase de narrativa avanzada y dirigir mis pasos como escritora.

2

Dedicatoria

A mi esposo Harry Solano.
Gracias por confiar en mi
durante este proceso arduo.
Te amo con la vida.

A mi hija Denali Gyé.
Una vida no es suficiente
para describirte cuanto te amo.

A mis padres y hermana.
Gracias por escuchar mis
aventuras literarias.

A mi querido amigo Francisco Muñoz.
Aunque nos separa la distancia
nos une una gran amistad.

A mis queridas amigas: Danette, María,
Lauriana y Justina.
Ustedes son mi motor para escribir
en esos días grises.

A Mía y Yarey.
Gracias por ser mis
más fieles fanáticas.

A mi amiga Elena Mestre.
Te admiro como educadora.

A la facultad y alumnos del Centro Laura Gómez.
Gracias por acogerme como parte
de su familia educativa.

El viaje más largo en la vida,
es aquel que requiere de sacrificios,
sin importar el tiempo, el período,
la época y la distancia.

La verdadera virtud del ser humano,
se define entre el camino de la oscuridad y
la luz,
porque en ese preciso momento de angustia,
determinará el propósito para el que fue
creado.

—Dynainah Folks

I

No existe una forma precisa que pueda omitir las huellas del trabajo arduo durante la fiebre del oro en Klondike. Noveles soñadores abandonaron sus raíces natales solo por perseguir el sueño áureo del momento. Hombres y mujeres con una historia marcada en sus venas. Trabajadores que asumieron el rol de mineros con la esperanza de que la vida de cada uno cambiaría con el esfuerzo extenuante de labores intensas. Recuerdos en la línea del tiempo de cómo fueron «leyendas» o «héroes» en una época de construcción económica. El martillo minero y el zapapico solían ser fieles acompañantes de aquellos que tenían como propósito progresar, formar familias y establecerse en tierras lejanas. También existieron individuos ambiciosos que con juegos de palabras dóciles y patrañas se las ingeniaron para engañar a las personas y sobrevivir al típico período difícil. Caballeros que le dieron la bienvenida al vicio odiado por las damas y controlaban el placer de la lengua con el añejamiento atávico del alcohol.

Lo habían dado por muerto, aunque la probabilidad de que sobreviviera a las aguas heladas de Barrow era casi imposible. El capitán Joseph McCarth aún seguía rondando por el universo de los vivos. Se obsesionó por perseguir a una inocente ballena, ya que en plena locura arrojó al mar el único artilugio valioso, y después de los efectos de ebriedad se arrepintió de dicho acto. Entre la confusión, se empeñó en la idea de que el pobre animal se había tragado el compás náutico, y que debía entrar al estómago del mamífero para extraer la brújula. Por casi dos años, recorrió la familiar ruta marítima desde la bahía Prince William hasta el Mar Bering junto al Old Horizon, sin embargo, determinó el destino final de esta embarcación al dirigirse a través de la neblina de una tormentosa nevisca. Provocó que el barco se encallara en hielo sólido hasta perderse en sus recuerdos.

Al pasar de los días, la sobriedad lo alteró haciendo evidente el descontrol de su vesania, debido a que no toleró que el portentoso barco de tres mástiles con cascos de madera estuviera encallado sin posibilidad de volver a viajar por el Mar Bering.

— ¿Qué te he hecho Old Horizon? ¿Cuándo volverás a ver los horizontes junto a tu capitán? ¿Cómo repararé el daño que te he hecho? — arrodillado por la notable desorientación contempló como el viento invernal se adhirió a sus complexiones.

Ante la desesperación, mientras el silencio acaparó el entorno, bajó del barco con los únicos harapos rotos que vestía, y desapareció hacia un abismo de ventanales abstractos. Causa de la pura blancura de la densa nieve como rastro de las incontrolables ráfagas de la tormenta. Luchó por no perecer en el intento de encontrar una localidad segura, pero su débil cuerpo cayó dentro de un orificio hasta hundirse en aguas heladas alaskeñas. En profundidades bajo cero, divisó a la distancia la silueta de una ballena, no obstante, cada parte de su cuerpo se unió en un abrazo como resultado del congelamiento; próximo a la muerte segura. Sintió como los pulmones perdían la función de la respiración, el hálito se le entrecortaba, y los últimos suspiros lo hicieron alucinar con la ballena que intentó asesinar varias veces al tratar de recuperar la brújula. Entrecerró los ojos, al abrirlos con esfuerzo volvió a ver la ballena y como esta acercaba el lomo, así cuando posó su mano observó que el compás siempre estuvo ahí. Al tratar de alcanzar la brújula, la energía de su propio brío perdió el ánimo desvaneciéndose aún más en aguas profundas. Reconoció en ese final que no sabía lo que le sucedería a su ánima perdida por los pecados humanos.

Anheló el calor para su cuerpo. El crujir de los huesos no se limitó a una sola área, al contrario, cada complexión se redujo a una posición fetal complicando aún el dolor. En un breve instante, se le nubló la visión ante la desesperación de abrir los ojos con esfuerzo, pero sintió como una fuerza ejerció presión dejándolo inmóvil y atrapado en una especie de piel adhesiva-disecada. Sentir como su ánima era aprisionada no fue nada gratificante. Al desconocer que sucedía alrededor de aquel entorno, lo llevó a pensar que ya había cruzado el umbral después de la muerte.

Bloques de leña se consumían en una apacible relación con el fuego. Mientras las serenas llamas no se unieran con el viento invernal proveniente de afuera, estas no estarían expuesta al peligro de apagarse, y lo demás seguiría con el curso de la normalidad. Experimentar calor extremo en el cuerpo obligó al capitán McCarth reaccionar de un modo abrupto del sueño profundo, ya que la aparente sensación de cómo la piel se quemaba en una especie de saco que producía temperaturas infernales le impidió soltarse con libertad. La opción de escapar no era posible, porque del costal se extendían listones del mismo color gris translúcido, pero de un material viscoso que al observarlos le dio asco a Joseph por el estado avanzado de descomposición, además de que lo sujetaban con amarres resistentes. En efecto, esta situación extraña lo hizo pensar que no había exagerado durante la alucinación, al creer que estuvo atrapado en una especie de piel con pegamento. Siguió sin entender el motivo de la inexplicable trampa y de quien fue capaz de aprisionarlo como una momia de los hombros hasta los dedos de los pies; excepto de la cabeza.

—Demasiado tiempo persiguiendo a una ballena inocente por pensar que se había tragado el compás que arrojé al Mar Bering y nunca opté en el intercambio del arpón por una cuchilla náutica. Tal vez el uso de ese objeto me podría haber salvado de esta piel pegajosa y apestosa.

Bajo esta reflexión, Joseph miró hacia el techo de lo que pudo deducir era un *tee pee*, eso sí, carecía de la forma tradicional en cono.

Entre el análisis de cómo escaparía de la piel pegajosa, luego de varias luchas infructuosas y meditar acerca de haber adquirido una cuchilla náutica en lugar del arpón, el notable cansancio le invadió sumiéndose en otro sueño que ni siquiera él sabría si sería eterno o quizás el final.

Pedazos de copos de nieves se introdujeron en el *tee pee*, la frialdad y el ruido de la tormenta despertó al capitán Joseph McCarth, pensando que había dormido durante varios días a pesar de que fue una breve siesta. Al voltear con esfuerzo el cuello hasta el punto de casi desnucarse, ante sus ojos notó como la nieve proveniente de los copos volvió a levitar desde el suelo, se transformó en un torbellino áureo, para así cambiar a tonos ocres revelando hojas otoñales. Dichas hojas otoñales retornaron al suelo, esparciéndose con las ráfagas de la tormenta invernal alrededor de la fogata —al menos eso pensó McCarth—, y evitar el riesgo de incinerarse. Cuando enderezó el cuello, los residuos de las hojas otoñales ya no poseían el previo tono ocre, sino una tonalidad primaveral dejando sentir el olor de ramas perennes. El mismo torbellino áureo y ahora discreto, se fusionó con las cenizas de la fogata junto a las coronas de piñas y brotes de pinos, lo que reveló una figura humana como producto de este proceso sobrenatural.

Como espíritu escondido detrás de un parka, la figura humana sacó a través del hueco del abrigo una pequeña hacha, con mango de madera tallada y navaja redonda, un artilugio que el capitán Joseph McCarth nunca había visto. Cuando se acercó con la cuchilla, el miedo hizo que perdiera el control, bajo un temor que lo hizo hablar demás.

— ¡Por favor, apiádate de mi alma! ¡Sé que mi juventud me hizo un mal hombre! ¡Muerte dame otra oportunidad para ser mejor persona!

Entre exclamaciones hizo promesas que ni sabría si cumpliría, si es que a lo que designó mentalmente como

espíritu de la muerte le otorgaba el perdón por sus pecados.
La figura humana alzó la cuchilla, la introdujo por uno de
los costados del capitán Joseph McCarth, que entre
incoherencias gritó como un cobarde.

—Espíritu de la muerte, hay mejores carnes para
consumir que la de este hombre atado. Si vas a comerme
que sea rápido. No quiero sentir como me masticas y luego
me escupes directo al volcán de los pecadores.

Seguido de esta ronda de incoherencias se desmayó
perdiendo el conocimiento.

Un susurro afable proveniente de los labios del
misterioso espíritu de la muerte despertó una vez más al
capitán Joseph McCarth, sin estar consciente de la libertad,
alterándose en reclamaciones del porqué no lo dejaba
descansar con plenitud y tranquilidad en tierras del óbito.

— ¿Estás satisfecho con tu tortura? ¿Por qué te has
empañado en hacerme un infierno la vida después de la

muerte? ¿Cómo se siente comer de la carne de un hombre muerto?

Con cada interrogante, Joseph ocultó la furia por el evidente cansancio, sus sentidos no estaban conscientes de la realidad del presente.

— ¿Cómo puedes explicar que un capitán, amo de las rutas marítimas de Alaska, hijo de la vida náutica y ávido viajero es un completo cobarde?

La pregunta directa provino de la delicada voz de una dama que escondió su rostro detrás de un abrigo similar al del espíritu de la muerte.

El silencio se hizo evidente entre ambos, debido a que el capitán Joseph McCarth no entendió los sucesos previos y no sabía que contestar. Al acercarse, la dama retiró el capuz del parka permitiendo mostrar su verdadera cara, dejando al descubierto cierto detalle inesperado ante un extraño. Del lado izquierdo, desde la cabeza hasta la mandíbula, unas enredaderas diferentes habían trazado un camino hacia rumbos desconocidos en su cuerpo, pero en su rostro se adhirió una extrañísima especie de hojas perennes. Aquellas hojas perennes denotaron más la insólita belleza de esta dama —con evidente herencia nativa—, a lo cual dicha característica fue contemplada aun en el silencio por Joseph McCarth, quien no pudo dejar de seguir admirándola en una evidente atracción. Intimidada por su mirada y comportamiento misterioso, le revela enfurecida acerca de una acción injusta que tuvo que cometer, y como esta determinación la hirió en un modo indirecto.

—En lugar de continuar observándome como una pieza lujosa de las que suele arrebatarles a los capitanes de otras embarcaciones para el contrabando, porque no se ofrece voluntariamente como sacrificio a los ancestros por su vil acto y así conseguir el perdón.

A través de una inteligencia reflexiva, la dama nativa confrontó a Joseph McCarth al tratar de finalizar el contacto visual desafiándolo, reconociendo que la mirada perdida de este hombre hacia ella se debía por la marca en el rostro.

Joseph McCarth desesperado se frotó ambos brazos —uno seguido del otro— en el rostro para secarse el sudor. La grasa en el cabello y la barba se convirtió en una pegajosa masa de costrosa manteca.

— ¿Es desesperante no poder remover el sebo que expulsa su propio sudor? Cargar con el olor a putrefacción viviente hasta la eternidad es el castigo que le han impuesto los ancestros por sus acciones.

Era evidente que la dama nativa encubrió algún detalle incómodo detrás de un tono desaprobatorio.

En un ilógico arrepentimiento, Joseph McCarth se arrodilló y les suplicó perdón a los ancestros entre más incoherencia; creyendo que todavía estaba muerto.

— ¡Les ruego que perdonen a este capitán pecador! ¡No quiero oler a humano podrido por la eternidad! Puedo ofrecerles como sacrificio no volver a tratar de cazar a la ballena inocente que he culpado de tragarse el compás que arrojé al Mar Bering.

El instinto salvaje se apoderó de la dama nativa, que en una rápida reacción se deslizó por el suelo, y acercó el hacha de madera al cuello de Joseph McCarth obligándolo a levantarse.

—No te arrebato la vida con este *uluaq* porque tu existencia no es tan valiosa como aquella ballena que tuve que sacrificar para salvarte. Además, no voy a manchar con sangre esta hacha de madera con la que forjé esta cabaña *igloo-tee pee*.

— ¿Eso quiere decir que solo aluciné que fui arrastrado a las profundidades del Mar Bering por la inocente ballena y que luego estuve atrapado en un material viscoso?

La dama nativa removió el *uluaq* del cuello de Joseph McCarth, lo retornó hacia el bolsillo del parka, y le recalcó en una clara advertencia su desconfianza hacia él.

— Los ancestros están molestos por el sacrificio de la ballena inocente. Para los nativos chilkat-tlingit las ballenas son animales que retornan las almas perdidas de vuelta al mundo de los vivos, y por eso son tan valiosas en nuestra tribu. En esta ocasión, la furia de estos espíritus está basada en tu obsesión de acosar a un pobre animal débil, y que luego tuvo que ser degollado por su hija para salvarte de la muerte.

Al alejarse de Joseph McCarth, la dama nativa abrió la cortina en piel disecada de la cabaña *igloo-tee pee*, no sin antes darle un último consejo.

—No me inspira confianza. Tampoco me agrada su compañía. Debería agradecerle a la fenecida ballena inocente por el olor fétido que carga en lugar de quejarse. Gracias a la piel y la carne que se obtuvo de esta injusta muerte, pudo recuperar la temperatura corporal, y regresar a la vida con cada parte de su cuerpo intacta.

— ¿Va a seguir culpándome por la muerte de la ballena? Ya me he disculpado con los ancestros. Reconozco que la muerte injusta de esta inocente ballena es un acto irreparable ¿Cómo puedo conseguir su perdón? ¿Por qué no me impone un castigo y así sanar el dolor en su corazón por la muerte de este animal?

Las palabras de Joseph McCarth denotaron cierto arrepentimiento a pesar del incomprensible arrebato por atraer la atención de la dama nativa.

— Ka'y'unah no lo puede perdonar porque su avaricia culminó con la vida de la inocente ballena. Tan pronto la tormenta invernal se detenga debe marcharse de aquí. Su presencia no es grata y presiento que les traerá problemas a los ancestros.

Sin más que decir, Ka'y'unah se convirtió otra vez en el torbellino áureo, y desapareció abriéndose paso entre las gélidas ráfagas de Barrow.

II

La temporada de aquella tormenta invernal había pasado, aunque se esperaba que la recuperación del capitán Joseph McCarth fuera lenta, a Ka'y'unah le molestaba su presencia porque no le perdonó el injusto sacrificio de la ballena. Cansado de las actitudes de parte de ella y las constantes indirectas verbales, decidió enfrentarla, y así la obligó a fijar la mirada hacia él. En un principio, Joseph McCarth estuvo dispuesto a utilizar todo el armamento verbal para tranquilizarla, pero el reflejo de unos profundos ojos avellanados, en contraste con las enredaderas perennes del rostro desalmó los pensamientos de encararla. Solo la mirada intrigante de Joseph McCarth y el silencio entre ambos fueron testigos de un acto inconsciente por parte del capitán.

Adoptó una voz calmada, contrario al comportamiento que solía ejercer en los demás. Esto permitió que Ka'y'unah confiara, sin percatarse que no existía distancia que los separara. Sus hálitos se habían vuelto en una sola respiración y sus corazones poco a poco se moldearon ante la expectativa de sentimientos desconocidos. Temeroso por la reacción de Ka'y'unah, Joseph McCarth posó su mano con delicadeza y acarició el rostro justo en el relieve de las enredaderas perennes. En reacción a la caricia, las enredaderas perennes adoptaron el color áureo habitual, lo que activó breves residuos de las cenizas del torbellino. Después, cierta conducta y pregunta basada en la excesiva confianza arruinó la paz del ambiente.

—¿Quién no quedaría cautivado con la extrañeza de estas enredaderas perennes que recorren tu rostro?

Sus ojos grises siguieron una de las líneas finas de esta planta que finalizaba justo en la comisura de la boca de Ka'y'unah, con la tentación vigente de besarla, y perderse en ese acto inicial de amor entre desconocidos.

Ka'y'unah reaccionó a la defensiva y le advirtió a Joseph McCarth por el hecho de tratar de besarla sin su consentimiento y anhelar una relación entre ambos. Reconoció que este cambio abrupto e interés por parte de él era solo un modo de apaciguar el conflicto acerca del sacrificio de la ballena.

—Tan pronto te recuperes debes abandonar el *igloo-tee pee*. No deseo relacionarme con una persona que ha basado su vida en el engaño, la injusticia y la avaricia. Tu nombre es sinónimo a problemas.

Detrás de la rudeza de estas palabras, Ka'y'unah escondió sus verdaderos sentimientos, porque sabía que el corazón dictaminó días previos la decisión involuntaria de salvar a Joseph McCarth, ya que el destino se había empeñado a que soportara este hombre durante la recuperación.

Apenas habían transcurrido algunos cuatro meses. De los chilkat-tlingit Ka'y'unah aprendió que no se necesitaba de un calendario o instrumentos avanzados para medir la línea del tiempo y determinar en qué período del año se detenían ciertos días específicos. A inicios del pasado diciembre, encontró a Joseph McCarth en Barrow, a penas cuando el hielo se endureció en plena temporada invernal. Con sigilo y cuidado, tuvo al pendiente del mejoramiento de su salud, con el propósito de que el capitán no se percatara de que él despertó en ella cierto interés en el cual la desconfianza la mantenía alejada.

Habiéndose recuperado y llegado la hora de partir, Joseph McCarth notó que faltaba la constante presencia de Ka'y'unah reclamándole cada día que se marchara. Dedujo por medio del presentimiento de que sucedió algún acontecimiento que le impidió regresar al *igloo-teepee*. Intranquilo y preocupado por primera vez por alguien que no fuera él, se propuso buscar a Ka'y'unah, con la incertidumbre de que estaba en problemas, a pesar de poseer poderes sobrenaturales.

En la nula búsqueda de Ka'y'unah —sabiendo de antemano que localizarla era un enigma sin resolución al tratar de saber dónde estaba el viento de ayer con las ráfagas del presente—, escuchó como se quebraron varias piezas frágiles de la naturaleza debajo de su bota en cuero desgastado. Al remover la bota, encontró fragmentos de varias coronas de piñas y ramas de pinos frescas, en las que divisó claramente como expulsaban el mismo polvo áureo característico del torbellino en el que solía viajar Ka'y'unah cuando se proponía desaparecer. Aun desconociendo el paradero de Ka'y'unah, hubiera sido más fácil ubicarla con el compás que arrojó al Mar Bering, pero al no poseer este objeto necesario no tuvo más remedio que seguir al polvo áureo.

Caminó sin detenerse tan siquiera a reposar. Ni se percató que el entorno había cambiado a esa evidente prueba de los días que trascurrieron después de la caminata desde Barrow. El deseo de descansar pasó a un segundo término mientras continuó siguiendo la estela de polvo áureo que lo llevó a recorrer varios kilómetros de distancia. En cierto punto de la escasa cordura, Joseph McCarth se desprendió del abrigo invernal azul marino con facilidad, debido a que con el tiempo los botones desparecieron del arrugado harapo. Lo arrojó hacia alguna parte —sin la ansiedad del pasado de no perderlo—, porque en esa actuación inesperada se despojó de una vestimenta que le provocó el calor más infernal en una piel que conocía climas gélidos. Al desprenderse de aquel artículo que siempre le acompañó, no percibió que él mismo se liberó de un pasado que lo atormentó, y que nunca se atrevió a rememorar por miedo al sentimiento de la pérdida. No le importó postergar el rescate del Old Horizon —para volver a retomar el rol de capitán—, sino que deseó encontrar a Ka'y'unah, y saber que no corría peligro antes de emprender un viaje lejos de ella para no seguir perjudicándola con una personalidad que no era grata.

La estela de polvo áureo se hizo más tenue, Joseph McCarth notó que, así como se había marchado de Barrow junto con la etapa inicial de primavera, pudo apreciar la siguiente temporada por el evidente calor y el sudor que recorrió su rostro. Aunque no estaba desgastado físicamente, el crecimiento de la barba, la muestra evidente de ojeras y la queja silenciosa de una piel maltratada, fueron el resultado del acercamiento directo con el verano, y la duración de una extensa travesía con un resultado inesperado.

Lo que pareció un interminable viaje culminó en una zona boscosa. Por un momento, Joseph McCarth pudo sentir la frescura y respirar el aroma de árboles perennes a pesar del verano. El polvo áureo desapareció entre las ramas. Presintió desde el principio que estas cenizas lo guiarían hasta Ka'y'unah sin equivocación. Cuando se adentró hacia el bosque, al seguir el último polvo áureo que observó, volvió a encontrar más coronas de piñas y brotes de pinos que lo guiaron hacia un área de ejemplares diferentes. Percibió un hálito agitado. El respirar de alguien que esperaba ser recatado y que trataba de sobrevivir. Aceleró sus movimientos para confirmar si en verdad logró encontrar a Ka'y'unah.

Debajo de un pino centenario, con un torbellino áureo visible cubriendo un cuerpo débil oculto en la oscuridad, Joseph McCarth encontró a Ka'y'unah tendida en el suelo mirando al cielo temblorosa. Se arrodilló a su lado y le tomó de la mano.

— ¿Cómo te puedo ayudar?

—El solsticio de verano se acerca. Necesito cubrirme de las luces del sol de medianoche, sino llegará mi final.

Acechada por el peligro, Joseph McCarth quiso protegerla, porque a quien consideró sobrenatural necesitaba de su ayuda para subsistir y no morir en pleno solsticio de verano.

III

Al verla tendida en el suelo, diferente a como solía ser, le hizo ver y determinar a Joseph McCarth que no debía de dudar en ayudarla, y recompensarla por haberle rescatado de no morir ahogado en aguas congeladas de Barrow. Pronto el solsticio de verano se acercaría hacia la dirección de ambos. Las luces del día y la noche del sol de medianoche amenazaban con extinguir el rastro y el hálito de Ka'y'unah. Por otra parte, al cargarla entre sus brazos notó que su cuerpo estaba rígido y pesaba igual a un tronco. No se había equivocado. Las enredaderas de pinos que recorrían desde su cabeza hasta la mandíbula del lado izquierdo cubrieron sus manos, hombros y piernas desde esa margen. El riesgo de convertirse en una especie de árbol perenne era una cuestión que no se podía descartar.

Otra característica insólita del tronco que se convertiría Ka'y'unah —aparte de la rigidez y el peso—, no se pudo notar con certeza, hasta que por un instante Joseph McCarth sintió que sus brazos cargaban un elemento hueco del bosque. Ese breve vacío en el cuerpo de Ka'y'unah lo hizo reaccionar. De antemano reconoció que, si no se apresuraba, sería el responsable de la muerte indirecta de quien lo salvó de morir ahogado. No se perdonaría haber hecho por lo menos el intento de mantenerla con vida en lo que encontraba alguna cura para regresarla a la normalidad.

— ¡Por favor, abre los ojos! ¡No te rindas! —le rogó mientras se detuvo a reposar su cuerpo por la inagotable travesía desde Barrow al no haberse permitido descansar.

De un momento a otro, el cuerpo endurecido de Ka'y'unah adoptó incontrolables movimientos. Joseph McCarth la abrazó con más fuerza sin lastimarla, porque sus terminaciones nerviosas debían de liberar la energía con la cual estaba luchando. Le volvió a rogar que abriera los ojos obedeciendo la dócil orden de McCarth.

— ¿Qué debo de hacer para salvarte? ¿Cómo puedo ayudarte a escapar de este estado deplorable?

La notoriedad del tono de preocupación acaparó la reducida atención de Ka'y'unah sobre las preguntas de Joseph.

— Ya no hay más remedio. Luego del atardecer llegará el solsticio de verano y con este el sol de medianoche. Debía de ocultarme en las sombras, lejos de las luces del día y la noche, pero fue imposible. —respiró con gran esfuerzo.

La explicación dio una pista del porque al poseer poderes sobrenaturales fue encontrada inmóvil en el suelo del bosque por Joseph McCarth.

— ¿El sol de medianoche provocó que perdieras control de tu cuerpo y poderes?

— Esto son los efectos iniciales. Todavía falta mucho más. Días previos, debía regresar aquí y regene…

En la búsqueda de otro intento para respirar no pudo culminar de pronunciar la última palabra que terminaría dicha oración.

— ¿Por qué debías de regresar aquí días previos? Respóndeme, Ka'y'unah.

Al ver que volvió a cerrar los ojos, tocó el rostro de ella con leves palmadas, y así logró mantenerla despierta por un lapso corto de tiempo.

— Mi cuerpo debe permanecer lejos del resplandor de ambos ciclos. Si no me oculto en las sombras, la mitad de las luces del día y la noche acabaría con todo lo que soy. Quedaría en el olvido como un elemento sólido.

— ¿A qué te refieres que tu rastro quedaría como un elemento sólido?

Con respecto a esta interrogante, Joseph McCarth trató de encontrar las suficientes respuestas y comprender acerca de cómo era posible que la vida de un ser sobrenatural peligrara cuando podía tener control de qué sucedería.

— Un elemento sólido más allá de cualquier transformación de un ejemplar perenne. Estos árboles son elementos sólidos que absorben la luz del solsticio de verano.

Solo bastó de dos vocablos para que se entendiera el enigma de Ka'y'unah, antes de que cerrara sus ojos y su ánima se perdiera en un objeto macizo de la naturaleza alaskeña.

Agobiado por la exasperación de salvarla, una lluvia torrencial sorprendió a Joseph McCarth con el cuerpo inconsciente de ella aún en brazos, quien al divisar el cielo nocturno apreció que más arriba de las nubes estaba la atmósfera despejada. No le interesó saber si el bosque escondía alguna clase de encantamiento, sino hallar un lugar seguro, porque la certeza le dio la esperanza de que

Ka'y'unah se recuperaría siempre que sus complexiones estuvieran lejos de las luces del sol de medianoche. Empapado por la falta de compasión por parte de la precipitación, a punto de subir una colina, escuchó el crujir de la madera al romperse por algún desgaste de la longevidad. El instinto hizo reaccionar a Joseph McCarth. Aquel estruendoso ruido de la madera le reveló que acontecería después. Así, se introdujo dentro de un tronco de un pino caído años atrás, arropado por la yerba del bosque durante el proceso habitual de la flora boscosa. Con la suerte echada, la sobrevivencia de ambos ante la avalancha de lodo se determinaría los días siguientes, si es que lograban salir airosos del peligro. Mantenerse lejos de los arbustos perennes durante el solsticio de verano era la única opción para que estuvieran a salvo.

IV

Ya no tenía miedo de morir. Trató de rectificar sus pecados del pasado con un gesto de salvación y ayuda, antes de que el alma de Ka'y'unah visitara las tierras de la eternidad. Sintió como la paz le invadió el alma, liberándose de las ataduras y las constantes decisiones nocivas que perjudicaron a inocentes. Cumplió con el propósito de cambiar cierta actitud avariciosa que le generó desconfianza a Ka'y'unah, así su vida terminara debajo de una masa de lodo.

Los sueños profundos eran habituales en Joseph McCarth, pero esta vez la muerte no lo alcanzó como en Barrow. Creyó que su faceta como capitán había culminado con la densa trampa mortal de fango, aunque luego de levantarse de la estampida de tierra húmeda experimentó como los rayos del sol quemaron el rostro obligándolo a despertarse. Al parparse el rostro, la molestia de ciertas quemaduras leves en la cara por las temperaturas del día resultó en una queja pasajera, eso sí, por unos segundos pensó que estaba en la zona prohibida para las ánimas humanas. No pudo abrir los ojos ante la impaciencia. Por un momento supuso que estaba ciego. Estimó que se quedaría varado para siempre en una localidad que ni él mismo había explorado y con evidente influencia mágica para destruir a un ser sobrenatural.

Al tratar de mantener la calma, con un sentido olfativo activo, Joseph McCarth inhaló el vaho familiar de hojas perennes, con una novel mezcla a frescura veraniega renovada junto al vapor de la leña cuando se deshace entre el fuego. Distinguió ese aroma y la suprimida función de sus ojos no le concedió la movilidad suficiente para abrir estos. Después de varios intentos, con el anhelo de verle, abrió los ojos —con el dolor de haber perdido varias pestañas—, y observó a Ka'y'unah sentada frente a una fogata rodeada por el torbellino áureo.

— ¿Eres Ka'y'unah o una versión de ella después de la muerte?

Los eventos previos provocaron que Joseph McCarth titubeara al hacer esta pregunta como reacción a las circunstancias incompresible que sucedieron ante su presencia.

—Tuvo que haber sido desesperante pensar que estabas ciego, más el dolor de abrir los ojos, y perder algunas pestañas por el lodo seco que se adhirió en esa parte de tu rostro. Pero ese padecimiento no es nada comparado a la muerte de una ballena inocente.

Una leve sonrisa se dibujó en los labios de Ka'y'unah.

Joseph McCarth no dejó de observarla incrédulo, mientras ella le miró fijamente a los ojos, sin temor de transmitir un sentimiento diferente. No escuchó con detenimiento la última oración que Ka'y'unah repitió en un tono bromista.

— ¡El dolor de tus pestañas no es comparado con la muerte de una ballena inocente! —exclamó en un tono bromista.

— ¿Todavía no has perdonado a este capitán por lo de la ballena? —incrédulo la volvió a mirar sin notar que manifestó el enunciado en una pregunta exasperante.

— Un capitán que pensó en ayudar a alguien más, olvidó su avaricia, y a quien tengo que agradecerle por haberme salvado de la muerte.

Anonadado con las palabras de Ka'y'unah, se limitó a decirle lo necesario, y lo complacido, que estaba por haberle ayudado a sobrevivir reflejándolo en vocablos que no eran cordiales.

—Era mi deber salvarte. Debía de recompensarte el no dejarme morir ahogado en Barrow.

—He notado que suele ser un hombre con un corazón abierto, pero es mi culpa que reacciones a la defensiva cordial.

— ¿Defensiva cordial?

—Soy la responsable de que responda con tales cualidades. No he sido amable desde que te salvé y te pido disculpas por estas actitudes.

—No debes disculparte. No soy una compañía grata para los demás.

— Tenías el derecho de mostrarme que habías cambiado. Resultó que eres un increíble rastreador y me había equivocado contigo.

—Transmito desconfianza por ser un problema andante. ¿Quién desea relacionarse con un avaricioso?

—Esa cualidad negativa quedó enterrada. Con el gesto de salvarme me has demostrado que puedo confiar en ti. Nadie se toma la molestia de caminar varios kilómetros desde Barrow hasta el bosque Root. Solo alguien preocupado por el bienestar de otro sin importar el suyo propio se puede nombrar como amigo.

Para continuar con la conversación, Ka'y'unah abandonó su solitario lugar de frente a la fogata y se sentó al lado de Joseph McCarth. El silencio entre los dos sirvió de pausa para el siguiente diálogo importante en donde ella le explicó lo ocurrido.

— ¿Te preguntarás que ha sucedido?

—Lo que no entiendo son las circunstancias.

McCarth se frotó la barba con ambas manos, formando rizos en esta, Ka'y'unah continuó con la explicación.

—Aunque sea un ser sobrenatural, no estoy exenta de morir. Siempre he estado expuesta al peligro desde que me salvaron de fallecer ahogada en este bosque cuando era un neonato.

Joseph McCarth se volteó asombrado al escuchar las declaraciones de la historia de Ka'y'unah.

— En un solsticio de verano me abandonaron en el bosque Root debajo de una torrencial lluvia. El agua de la precipitación entró al *ḵákw* (canasta) y así a mis pequeños pulmones. En el último llanto, me escucharon casi en las cercanías de la muerte, pero fue demasiado tarde debido a que no podía respirar. Ellos tomaron la decisión definitiva acerca del destino de una niña desconocida sin saber cómo crecería. —Se detuvo y contuvo la respiración al tratar de procesar este horrible recuerdo del que no estuvo consciente.

— ¿Cómo puedes recordar que sucedió ese lamentable día si eras una bebé?

— Lo sé porque ellos me lo contaron. Años más tarde, me mostraron las imágenes de lo sucedió, pero desconozco quien me abandonó.

— ¿Quiénes?

—Los ancestros del bosque Root.

— ¿Los ancestros del bosque Root fueron los seres anónimos que te salvaron de morir ahogada recién nacida?

— Referirse a los ancestros del bosque Root como seres anónimos es sinónimo a que no confías de la existencia de su esencia y espiritualidad nativa. Nunca he visto sus ánimas, pero gracias a los dones que me obsequiaron al salvarme, puedo escuchar los susurros de cada sentimiento que transmiten.

Joseph McCarth después de estirar hasta partir los vellos de la barba, prosiguió a colocar el dedo índice y pulgar de la mano izquierda en el área en donde se fruncía la marca del ceño, en efecto, con la cabeza hacia abajo masajeó la frente como una manía típica de procesamiento de información significativa.

— No entiendo. Has narrado que los ancestros del bosque Root te obsequiaron dones. ¿Por qué fue imposible salvarte cuando te encontré moribunda en el suelo? ¿Cómo sabías que había viajado varios kilómetros desde Barrow hasta acá?

—Empezaré por contestarte la segunda pregunta y luego te explicaré la primera interrogante.

—Tu característico instinto de capitán te hizo pensar que corría peligro ante una ausencia injustificable. Obligué a mi cuerpo a liberar todo el polvo posible del torbellino áureo y sus elementos para que rastrearas mi paradero. Así fue como arribaste al bosque Root.

—Entonces, ¿Cuál es la explicación para la primera interrogante?

La curiosidad y atención de Joseph McCarth por conocer los secretos que escondía Ka'y'unah, contribuyeron como atributos positivos de persuasión, y en cuestión de un intervalo veloz —sin tan siquiera haber terminado la justificación de la segunda pregunta— le esclareció esas interrogantes que surgieron al entrar al bosque Root.

—Al no encontrar la forma de cómo reanimarme, el espíritu de Kanaát elevó mi cuerpo fenecido más allá de la atmósfera, y le suplicó al solsticio de verano que me salvara porque era injusto ver como una niña moría abandonada.

Joseph McCarth detuvo la conversación para introducir una pregunta, al no admitir que lo que Ka'y'unah le contó fuera certero, y no otra crónica falsa de anécdotas intrigantes.

— ¿Estás segura que esto no es una leyenda nativa de la que te has apropiado? Esto suena a una narración contada de generación en generación.

— ¿Quieres prestar atención a la historia o seguir interrumpiéndome?

—Perdona. Prosigue.

— El solsticio de verano acallado le hizo señas a Kanaát para que colocara mi cuerpo en donde el alma tuviera contacto más allá del firmamento cerca del sol de medianoche. Cuando las luces del día y la noche entraron en contacto con la piel, el calor corporal se restauró, y aunque volví a la vida tuvo que salvarme sin completar la fase de regeneración.

— Esa palabra que te faltó pronunciar al estar cerca de las brechas de la muerte. —añadió Joseph McCarth recordando ese exasperante episodio.

Al juntar los dedos, Ka'y'unah notó que Joseph McCarth no se había conformado con la explicación. Este gesto le demostró la impaciencia por realizar más interrogantes.

— ¿No te has conformado con la explicación? — Ka'y'unah le colocó sus manos encima de los hombros a Joseph McCarth para transmitirle confianza.

—He tratado de comprender. Parece que es una historia ancestral de la voz poética de una nativa alaskeña versus la realidad de lo que te ha sucedido.

— ¿Qué no has comprendido?

—No quiero incomodarte. ¿Quién es Kanaát? ¿Qué es la fase de regeneración? ¿Por qué debes de esconderte de las luces del sol de medianoche si permanece de día en el horizonte durante ese evento?

—Kanaát es uno de los espíritus del bosque Root que alcanzó a los ancestros boreales. Nunca le conocí. Su ánima me guio durante el crecimiento como un padre adoptivo. Tuvo que responder al llamado de la protección que une la energía de cada rincón en Alaska cuando se quebrantó el centro en donde mantuvo el alma resguardada. Por otro lado, describiría la fase de regeneración como un ciclo de conversión del cuerpo en las sombras, lejos del sol de medianoche. En las penumbras me siento protegida, aunque en la fase del sol de medianoche la luz del día es visible sobre la noche. Acá abajo ambos fulgores son absorbidos lo cual me mantiene lejos del bosque Root hasta que desparece.

Joseph McCarth tomó ambas manos de Ka'y'unah, las apretó con suavidad, y acarició su cabello negro destellado con rastros del polvo áureo. Esa noche las estrellas del ártico resplandecieron en finas hileras nocturnas que no provenían precisamente del cielo. Ka'y'unah añadió otro detalle a la conversación.

— Las luces del día y la noche del sol de medianoche también pueden afectar a los seres humanos cuando estos sufren alteraciones en sus sentimientos y pensamientos. Al no ocultarse, tales efectos exponen lo peor del estado de ánimo en descontrol.

Para ella era muy importante recalcarle a Joseph McCarth que también las personas normales podían sufrir las secuelas bajo ciertas emociones si no se protegían del solsticio de verano.

Ka'y'unah ni tan siquiera se aseguró si Joseph McCarth entendió la advertencia y las consecuencias perniciosas que ocasionaban las luces de medianoche en un humano. Un gesto de atención varonil le impidió continuar con el diálogo. El capitán rozó su mano al volver a acariciarle el rostro como sucedió dentro del *igloo-tee pee* en Barrow. Al acercar sus labios, Joseph McCarth besó las enredaderas perennes, y esto activó unas fibras de sentimientos hasta la comisura de la boca de Ka'y'unah.

— ¿Qué haces? —Se negó en aceptar las caricias. Con ambas manos retiró a Joseph McCarth hasta que sus ojos se cruzaron con la mirada anhelante de él.

—No puedes negar lo que sentimos. Necesito tenerte cerca. —Joseph McCarth trató de acercarse, pero infructuosamente Ka'y'unah se lo impidió.

—Me he prohibido acercarme a ti. —bajó la cabeza avergonzada por las palabras.

— ¿Por qué?

—Tengo miedo del sentimiento dormido que alguna vez despertará. Esa avaricia que tenía atrapado al hombre que eres ahora.

—Te prometo que mientras estés a mi lado esa avaricia permanecerá dormida. No ves que este hombre muere de amor por ti. —levantó el rostro de Ka'y'unah expectante en continuar hacia los labios de ella.

Ka'y'unah temblorosa se negó a que prosiguiera con la demostración de amor. Admitió en su interior que Joseph McCarth había cambiado y que podía confiar en él. Sin condiciones la salvó de morir por el sol de medianoche. McCarth no le exigió recompensas, salvo un gesto de cariño recíproco. Así, sede a la pasión y permite que la bese.

V

La confianza entre Ka'y'unah y Joseph McCarth se fortaleció con el tiempo. Ambos no tomaban decisiones sin consultar uno al otro. Luego de casi siete temporadas —años para los humanos—, aproximadamente para la mitad del curso de 1788, cerca del verano, Ka'y'unah determinó que era el momento de mostrarle a Joseph McCarth las venas del bosque Root.

—Es hora que conozcas las raíces de las entrañas de la mujer que amas.

— ¿Qué dicen los ancestros del bosque Root?

—Hemos vivido durante largas temporadas en el bosque Root. Lo justo es que te muestre de donde proviene el núcleo de la naturaleza mágica de esta floresta.

Al dirigirse hacia Kennecott, se adentraron hacia una cueva profunda agarrados de la mano, en un recorrido por un camino lúgubre e incierto. Sin nada para alumbrar en esta travesía, el cuerpo de Ka'y'unah se iluminó en tono áureo, se convirtió en torbellino y dirigió a Joseph McCarth. Al final de la expedición, Ka'y'unah regresó a su forma humana, y McCarth vio la caverna iluminada con el mismo fulgor áureo. Tropezó con algunas piedras. El efecto del fulgor de las rocas lo asombró por la cantidad infinita de oro puro.

—Bienvenido a la cueva Beneke'h. Este es el hogar de la metamorfosis mineral y la naturaleza mágica del bosque Root.

Joseph McCarth se quedó sin palabras al ver demasiado oro en un mismo lugar y sin haber rastro de explotación minera previa. En un movimiento giratorio, notó que las enredaderas perennes reaparecieron en el rostro de Ka'y'unah, después de un prolongado período ocultas debajo de la piel.

—Ha vuelto a reaparecer la huella de las enredaderas perennes en tu rostro. ¿Esto es señal de algún evento que pondrá en peligro tu vida o está relacionado al sol de medianoche? —Joseph McCarth alterado mostró que no quería volver a perderla por un descuido.

—La aparición de las enredaderas perennes en el rostro es señal de que mi cuerpo debe regenerarse en un lugar oculto del sol de medianoche. No puedo exponerme al riesgo de la muerte como hace siete temporadas.

— ¿No se supone que debes regenerarte en la oscuridad? ¿Por qué elegir la cueva Beneke'h exponiéndote a demasiada iluminación áurea?

—Antes de que me preguntes de la procedencia de la iluminación áurea y el oro. Te contaré los detalles que oculté acerca de cómo llevo a cabo la regeneración de mi cuerpo.

Según Ka'y'unah, la regeneración de su cuerpo dependía de la energía de las piedras de oro puro proveniente de la absorción de las luces del sol de medianoche (día y noche) que se obtenían en el solsticio de verano por medio de los pinos. Los ejemplares perennes del bosque Root continuaban la filtración de las luces en una metamorfosis mineral, transformándolas en gotas áureas hasta llegar a las raíces de estos árboles. Las ánimas de los ancestros ckilkat-tlingit resguardadas en estos arbustos centenarios se encargaban de colocar en las profundidades de la cueva Beneke'h las piedras de oro en donde eran protegidas por ella. Cada corona de piña marcada en su rostro significaba el nacimiento de una novel piedra de oro, ya que era el espíritu humano-nativo que vigilaba este regalo de la naturaleza desde que Kanaát la salvó de ser pulverizada por la primera regeneración del sol de medianoche. En aquel entonces, el riesgo de convertirse en cenizas fue mayor por haber sido un humano-neonato. Contrario a las gotas áureas que adquirían una forma sólida cuando pasaban por las raíces de los pinos.

— ¿El polvo áureo que emana tu cuerpo es oro? ¿Alguna vez has logrado adquirir la forma de esta roca áurea durante la regeneración y la metamorfosis mineral?

—No, solo es ceniza áurea que se une a los fragmentos de mi piel. Se necesita de otra fuerza mayor para poder convertirme en una roca áurea, pero padre no poseía los poderes necesarios para transformarme en una piedra de oro y finalizar con el constante sufrimiento de huir de las luces del día y la noche del sol de medianoche.

Ka'y'unah frotó el trazo de las enredaderas perennes de su rostro y le mostró a Joseph McCarth el verdadero material del torbellino que siempre la acompañaba en su cuerpo.

—Tenía entendido que no conocías a tu padre.

—No conozco su ánima, aunque percibía que me cuidaba desde las lejanías.

—Lo que dices es extraño.

— Kanaát es mi padre. Soy hija y producto de las raíces del árbol caído en donde te introdujiste para salvarme. Si no fuera por la avalancha de lodo que nos cubrió, otra hubiera sido la historia.

— ¿A qué te refieres?

— El tronco de un pino caído, hueco y desgastado sigue siendo un medio para absorber las luces del día y la noche del sol de medianoche. Salvo que no transporta las gotas áureas hasta convertirlas en una piedra de oro. La última etapa de la metamorfosis mineral no puede ser culminada por árboles que no poseen raíces. De las raíces de los arbustos perennes nace las venas de la cueva Beneke'h en donde se depositan dichas rocas, las cuales debo proteger e influyen como elemento esencial en la regeneración.

Por otra parte, antes de que Ka'y'unah culminará la descripción del proceso de regeneración, recalcó que si las raíces de estos árboles quedaban expuestas fuera de la tierra mientras sucedía el proceso de metamorfosis mineral, el sol de medianoche las solidificaba al igual que una piedra — excluyendo el color áureo— haciéndolas inservibles para este procedimiento, lo que podía amenazar su vida si llegara a suceder.

Desconcertado, Joseph McCarth no pudo procesar la posibilidad de cómo unos pinos ancestrales eran capaces de transformar las luces del día y la noche del sol de medianoche en gotas de minerales y seguido en piedras de oro. En su interior sintió que la sensación dormida del pasado retornó en un modo leve. Perdido en sus pensamientos, no se percató que Ka'y'unah lo agarró de la mano. Cuando regresó al mundo presente, notó que ella con la otra mano se frotó el rostro para obtener una especie de rama perenne junto a la corona de piña y extractos del torbellino áureo. Al unir la pequeña rama perenne, la corona de piña y los extractos del torbellino áureo, McCarth comprobó como ambas manos sostenían un objeto pesado, que al voltearlo reveló la forma de la brújula que arrojó años atrás al Mar Bering; su pieza más valiosa como capitán.

Ka'y'unah acercó sus manos a las de Joseph McCarth, después aproximó sus labios y besó los nudillos del capitán en un gesto de amor condicional. Al abrir las manos de McCarth, le mostró una pequeña insignia troquelada con el mismo trazo de la pequeña rama perenne junto a su corona de piña, gracias a la magia de los ancestros del bosque Root. No entendió porque Ka'y'unah y los ancestros del bosque Root tuvieron este gesto de cordialidad hacia él.

—La insignia troquelada en el viejo compás es un regalo especial de los ancestros del bosque Root. Una oportunidad para agradecerte por haberme salvado de las luces del día y la noche del sol de medianoche. Ahora nuestra confianza se ha extendido para recibirte como parte de nuestra familia nativa chilkat-tlingit.

No supo que decir. No podía quebrantar la fe que depositaron Ka'y'unah y los ancestros del bosque Root en él. La sensación familiar que despertó en la cueva Beneke'h desafió su control y amenazó con poseer también el pensamiento y los movimientos. Los ancestros del bosque Root lo eligieron junto a Ka'y'unah para que continuaran con el legado de vigilar las piedras de oro, debido a que la hija ancestral de esta floresta estuvo en inminente peligro de muerte. Por ende, al recibir este obsequio Joseph McCarth sería el cuidador áureo —al igual que Ka'y'unah—, prometer que se mantendría lejos del sol de medianoche, y asegurar que la brújula lo dirigiría hacia la vigilancia de este mineral intocable.

VI

Luchó con la conciencia durante varios días. La avaricia de Joseph McCarth retornó sin tregua alguna, aunque Ka'y'unah ni siquiera captó algún cambio en él, seguido al regalo especial que le había otorgado ella y los ancestros del bosque Root como símbolo de confianza. Pronto el solsticio de verano se acercaría, así como el sol de medianoche, y también la oportunidad de regenerarse para Ka'y'unah. Días anteriores se despidió de McCarth, antes de dirigirse hacia la cueva Beneke'h a esperar por la metamorfosis mineral y la regeneración de su cuerpo.

—Debo de llegar a tiempo a la cueva Beneke'h antes del solsticio de verano. También debes de cubrirte de las luces del día y la noche del sol de medianoche. La magia que guarda el compás tiene los mismos efectos que presenciaste hace siete temporadas. Necesito que evites todo contacto con este evento. Ahora que eres el guardián de las piedras de oro corres peligro con las secuelas que produce en los humanos.

La advertencia de Ka'y'unah fue obvia en cuanto a que Joseph McCarth debía de protegerse.

—No sucederá ningún incidente lamentable. No hay nada de qué preocuparse. Me cuidaré durante el proceso de metamorfosis mineral y la regeneración de tu cuerpo.

Joseph McCarth posó sus manos, agarró el rostro de Ka'y'unah, y ambos se despidieron en un cálido beso como si esa fuera una despedida definitiva.

— ¿Seguro que estarás bien mientras esté ausente?

— ¿Qué te intranquiliza?

—No sé. Siento aquella vieja sensación de cuando te rescaté en Barrow.

— ¿A qué sensación te refieres?

—La impresión de que el mal está rondando alrededor de nosotros con la potencia de hacer daño y causar sufrimiento.

Joseph McCarth abrazó a Ka'y'unah hasta el punto de asfixiarla de amor. Su cara estaba representada por el puro ademán de la angustia al separarse.

—Todo fluirá con normalidad. No quiero que se te haga tarde. Más adelante te alcanzaré en la cueva Beneke'h.

Acarició el cabello de Ka'y'unah para transmitirle la paz necesaria ante la responsabilidad que conllevaba la metamorfosis mineral tanto para ella como para los ancestros del bosque Root.

Testigos de la conmoción de tener que separarse y soltar sus manos por un período prolongado. Sin saber si se volverían a ver por el peligro al que se enfrentaría Ka'y'unah al tener contacto con la metamorfosis mineral y la regeneración de su cuerpo. Joseph McCarth corrió hacia ella una vez más, la abrazó, y la besó en un brío intenso que resultó en palabras confusas de la pasión.

— Te amo —en pocas sílabas Joseph McCarth impactó la noción de Ka'y'unah.

— ¿Qué acabas de decir? —inclinó la cabeza abrumada hacia su hombro derecho dejando expuesta las enredaderas perennes.

Las evidentes palabras de Joseph McCarth hizo más difícil la separación momentánea entre ambos.

— ¿Temes que te ame demasiado? —su voz se redujo en una apacible y seria interrogante en la espera de una respuesta concreta de Ka'y'unah.

Ka'y'unah no respondió a la pregunta de Joseph McCarth. Sollozando enrolló sus manos en los brazos y ladeó la cabeza hasta el pecho de él.

— Una corazonada me dice que no te deje solo.

Su llanto aumentó como si fuera a perder al hombre que apreciaba.

—No hay opciones en donde se pueda elegir, amor. Debemos cumplir con la responsabilidad de proteger las piedras de oro y a los ancestros del bosque Root ante las luces del día y la noche del sol de medianoche. Esas rocas áureas son la razón por la que estas ánimas continúan dentro de los ejemplares centenarios. La magia fluye y ejerce dominio en esta floresta. —besó la frente de Ka'y'unah y prosiguió para incluir un detalle adicional: —Si el proceso de la metamorfosis mineral se detiene sería catastrófico para todos los que depende de esta fase. ¡Anda! ¡Apresúrate! ¡No temas! ¡Old Horizon te esperará hasta la inmortalidad!

No encontró extrañeza alguna en las palabras de Joseph McCarth, al contrario, asumió en su mente que esto fue la conclusión de un arrebato romántico, y que la esperaría hasta después de la metamorfosis mineral y la regeneración de su cuerpo. Tal vez le expondría la idea de viajar a otra localidad de Alaska para vivir a plenitud ese amor incondicional el resto de la temporada hasta regresar al bosque Root antes del siguiente solsticio de verano.

Desconocía que detrás de demasiadas promesas e inquietudes, quien juró amarla sobre cualquier circunstancia, le ocultó el conflicto interno acerca del retorno de una actitud que temía. Un hábito longevo que se arrepentiría de venerar en una perdición posterior del cual fue testigo de la causa. El impacto nocivo que derivó su infortunio como capitán y la pérdida del Old Horizon en Barrow.

En lugar de dirigirse a la cueva Beneke'h, Joseph McCarth se encaminó hacia un rumbo prohibido del bosque Root la noche preliminar al solsticio de verano, sin estar consciente del porque sus pensamientos lo condujeron hasta esta dirección. Con firmeza, se detuvo en la zona en donde halló a Ka'y'unah agonizando tiempo atrás, alzó la cabeza hacia el cielo, y allí permaneció parado por horas vigilando el firmamento con el compás abierto en la mano. Por lo tanto, con esta escena desconcertante se cumplió a cabalidad los problemas que había predicho Ka'y'unah en

Barrow, tanto para ella como para los ancestros chilkat-tlingit del bosque Root.

El sol no se camufló en el horizonte como en la mayoría de los días usuales en Alaska precedente a la noche. Este evento indicó otra inauguración del solsticio de verano como en cada temporada. Cuando el sol de medianoche ocupó la posición hacia el círculo ártico, el bosque Root quedó en completa lobreguez, salvo en el tope de los árboles perennes que emprenderían la extracción de las gotas áureas para la metamorfosis mineral. McCarth se mantuvo en la misma posición hasta que comenzó el principio de la metamorfosis mineral, pero incumplió la promesa que le hizo a Ka'y'unah con respecto a esconderse de los efectos de las luces del día y la noche del sol de medianoche.

Cuando los pinos absorbieron las luces para enviarlas a las raíces en forma de gotas áureas y transformarlas más adelante en piedras de oro, ocurrió un incidente que ni Ka'y'unah y los ancestros del bosque Root hubieran pronosticado. El torbellino áureo del compás de Joseph McCarth se desprendió de este artilugio, se convirtió en una tonalidad amarillo-rojiza al igual que el sol de medianoche y se introdujo en el cuerpo de él. Sus ojos adquirieron esa tonalidad. Un sentimiento de furia incontrolable le invadió. Se acercó a los árboles centenarios. Bajo un poder sobrenatural insólito cavó con sus manos exponiendo las raíces de estos ejemplares. De ahí extrajo el oro novel, aquellas piedras áureas que los ancestros del bosque Root tenían que depositar en la cueva Beneke'h y que Ka'y'unah esperó para la regeneración. Como guardián de las piedras de oro había impedido la metamorfosis mineral y esto conllevó directamente la pausa en la regeneración del cuerpo de Ka'y'unah. Recitó la porción de un vocablo nativo-sagrado que condenó el destino de los que confiaron en su sinceridad.

—Sacke… —no culminó con la palabra cuando aún no había abandonado el bosque Root sin dejar rastro.

En la cueva Beneke'h, Ka'y'unah se tocó el rostro y la superficie de la cara adoptó una sensación áspera. Confirmó que ciega por el amor fue traicionada por la temida avaricia de Joseph McCarth. Las enredaderas perennes en su facción izquierda adquirieron el color amarillo-rojizo igual al sol de medianoche. Su cuerpo se convirtió en un objeto sólido. Las entrañas junto al corazón en una pieza más entre las piedras de oro.

VII

Personas de diferentes partes del mundo emigraron a Alaska persiguiendo el sueño áureo del explorador Noah McKinson. A este investigador se le atribuyó el descubrimiento de las primeras piedras de oro en Klondike a principios de 1896. Los mineros se concentraron en el punto principal del encuentro de las piedras de oro en Dyea y Skagway, así, otro grupo de trabajadores preocupados por la posible carencia de este mineral —ante la estampida humana que arribaba cada mes—, se trasladaron hacia McCarthy cerca de Kennecott. Ese equipo de mineros halló una cueva. Dedujeron que localizarían oro en otra zona diferente y apartada en donde más nadie tuviera el conocimiento de la existencia de este mineral. La avaricia era inmensurable, pero aceptaron que con la labor de pocos hombres ni si quiera se acercarían al interior de la caverna para corroborar sus abundantes argumentos.

Idearon un plan malévolo, con la finalidad de contratar personal con un único perfil, y que se adaptaran a las exigencias del trabajo. A petición de estos mineros —un grupo de seis integrantes en total—, se requirió que los trabajadores fueran nativos del área, sino las solicitudes de laborar en la futura mina Kennecott eran rechazadas. Estas inauditas contrataciones encubrieron las perversas intenciones de estos hombres. Con el ideal de apropiarse de las piedras de oro que encontraran los jornaleros que conocían con facilidad los sectores aledaños, además de hacerse ricos con el esfuerzo de otros. En sus mentes siguieron con la absurda creencia de que podían engañar a los nativos a casi terminar el siglo XIX (19).

Los mineros-jefes de la mina Kennecott, no contaron que la demanda de solicitudes para trabajar en la búsqueda de oro en esta región sobrepasaría el nivel requerido, pero estas personas estaban dispuestas a someterse a un riguroso régimen laboral por tal de no pasar hambre como en Klondike. Esta señal demostró que la fiebre del oro de Alaska estaba por desaparecer y estos hombres no estaban dispuestos a irse con las manos vacías. En efecto, esto provocó que hicieran promesas y a la larga tuvieron que aceptar que la mayoría de los contratados no pertenecían a una descendencia nativa definida.

Durante todo ese año, los trabajadores construyeron una estructura minera que contó con los equipos y herramientas necesarias para la extracción de las piedras de oro cuando fueran encontradas. Las maquinarias se obtuvieron gracias a uno de los mineros-jefes que se asoció con el explorador Noah McKinson, con la propuesta de obtener un porciento de ganancias superior a los trabajadores, una vez las piedras de oros fueran removidas del interior de la cueva.

En enero de 1897, el principio de un siguiente año gélido, los trabajadores se adentraron hacia la cueva encontrada por los mineros-jefes. Se introdujeron varios kilómetros de profundidad en plena incertidumbre y opacidad. Según uno de los trabajadores, no se podía alumbrar dentro de ciertos caminos subterráneos de esta caverna, porque él mismo sintió como la presencia de un aura antigua lo impedía, y esto despertaría la furia de un alma dormida. Después de esta inestable revelación fue despedido sin obtener regalías por los años de labor, ya que su opinión estaba atrayendo a algunos y alarmando a los demás.

Entre 1896 a 1897 las labores en la cueva de la mina Kennecott se habían detenido por un imprevisto. Noah McKinson les reclamó a los mineros-jefes la parte del porciento que le correspondía del trato o si no pasaría a ser el dueño exclusivo de esta mina una vez se cumpliera el plazo de un año. Sin embargo, en la caverna encontraron una especie de árbol-enredadera rarísimo, aunque con las mismas características de un ejemplar perenne. Pocas ramas de este arbusto sobresalieron junto a las coronas de piñas como si hubiera crecido en una época reciente. Cuando los trabajadores se disponían a cortar las enredaderas, estas se fortalecieron más, dificultando el paso hacia el otro lado.

Durante la primavera de 1897, ningún trabajador o minero-jefe había logrado acceder hacia el otro lado de la caverna, perdiéndose las esperanzas hacia el sueño áureo. Una joven minera de descendencia nativa, pero con herencia rusa recorriendo en su sangre, escuchó los rumores acerca de que los trabajadores se retirarían de la cueva de la mina Kennecott nombrada como Bonanza. El año anterior se basaron en la certeza de que encontrarían oro y el no poder acceder al otro lado de la cueva les confirmó que debían de desistir, y retirarse sin reclamar compensación por las extenuantes jornadas laborales. Enfurecida, Lyosha Lavrov confrontó a los mineros-jefes, reclamándoles por el engaño a los demás trabajadores con promesas falsas por medio del sueño áureo.

— ¿Cómo pueden estar tranquilos mientras defraudaron a estos trabajadores con el sueño áureo?

Con furia se abalanzó y empujó a los mineros-jefes sin haber recibido respuesta de parte de por lo menos uno de los hombres que componían este grupo de codiciosos.

Un hombre se levantó de entre los residuos de piedras con aparente resplandor y muestra de que se lustraba el cuero cabelludo a menudo. Al girarse, Lyosha pudo contemplar cómo el haberse lanzado encima de los mineros-jefes provocó que en el rostro de uno de ellos se incrustaran puntos finos de estas rocas. El castigo repentino en venganza por la falta de compensación por el esfuerzo de los trabajadores. La cara de Rever Latren quedó cubierta de sangre. Las heridas se redujeron en el ardor por los raspones.

— Los trabajadores que fueron contratados para las labores de minería sabían que la posibilidad de encontrar oro en la cueva Bonanza podía ser nula o en abundancia como la zona de Klondike.

—Reconozco que también fui una de esas trabajadoras que asumió el riesgo de que tal vez encontraría o no hallaría nada de oro en la cueva Bonanza. Pero, aun así, es lamentable que estas personas se arriesgaron trasladándose desde Klondike hasta Kennecott, lucharon por sobrevivir a las inclemencias, y se les despache después de un año sin recibir indemnización por sus labores.

— Usted ya lo ha dicho. Sin oro no hay recompensa. ¿Cómo voy a pagar por el trabajo de un mineral que no ha sido hallado?

—Estas personas están muriendo de hambre. Algunos trabajadores fallecieron tratando de cazar en el bosque cercano y a otros los consumió la miseria. Hasta niños y adolescentes huérfanos han trabajado para usted y los mineros-jefes por tal de cumplir el sueño áureo. ¿Acaso usted carece de compasión por los más desdichados?

Rever Latren se acercó a Lyosha y la lanzó al suelo en donde ella sintió también como los residuos de piedras se introdujeron en el dorso de los muslos. En segundos, rasgó la falda del vestido, dejando al descubierto una de sus piernas. Pensó que le sucedería lo peor que una dama podría haber presenciado delante de otros hombres. Gritó sumida en el descontrol del pavor.

— ¡No se atreva a hacerme daño o no respondo! — se apartó arrastrándose con el calvario del dolor que se extendió por la cintura y la espalda.

—Lo menos que deseo es acercarme a una mujer con una descendencia salvaje. Le estoy regresando el detalle descarado que tuvo al provocar estas marcas en el rostro. Ahora esta es mi recompensa.

Por su parte, Rever Latren culminó de romper el vestido de Lyosha, y esta lo golpeó otra vez en el rostro con la pierna derecha aun en el suelo pedregoso. Trató de arrebatarle el pedazo de tela. La acción de Lyosha fue detenida por este depravado, quien utilizó el trapo para limpiar el derrame de sangre de las cortaduras previas, enrollarlo en su mano, y darle tremendo puñetazo en ambos ojos dejándola parcialmente ciega.

— Espero que te sirva de escarmiento el no entrometerte en asuntos que no te corresponden.

En un acto de humillación le escupió la cara y le lanzó el pedazo de tela abandonándola a su suerte.

Con dificultad, se dirigió dejándose llevar por el sentido del tacto. Se aproximó hacia el bosque cercano en el que perecieron varios trabajadores. Insistió en recuperar la visión. Obligó a sus ojos a observar a las lejanías como hábito para aliviar las percepciones borrosas. Lo que obtuvo fue el regreso tenue de examinar los objetos según las formas. Entre el ardor y la pesadez de la visibilidad, apreció varios pinos caídos encima de tierra seca. Infirió que un fenómeno natural arrasó con estos ejemplares en el pasado. Ante la sorpresa, se sentó en uno de los troncos a procesar el entorno que descubrió. Lo chocante de toparse con un dominio despoblado de flora y fauna. Al moverse para acomodar su cuerpo, resbaló hasta caer hacia atrás, se golpeó la cabeza y se sumió en un sueño inevitable.

Cerró los dedos y colocó ambas manos entre los lados respectivos de la sien. Vigorosos latidos recorrieron el cráneo en corrientes intermitentes, torturándola en una aflicción que la hizo revolcarse al no soportar la sensibilidad y las palpitaciones constantes. Cuando trató de alzarse, prestó atención al sonido de los huesos tronando, ese ruido articular que le avisó de que dicho dolor se debió a una fractura en la cabeza. Prefirió quedarse tendida en el suelo intentando aliviar este perjudicial suplicio. Volvió a sumirse en otro sueño, abstraída de qué pasaría si no recobraba la compostura para seguir hacia adelante, ya que se tenía a sí misma para ayudarse y liberarse de agonizar en la soledad del bosque.

Una brisa cálida reactivó las complexiones y las sensaciones en el cuerpo de Lyosha. Debido a la continua confusión y la visión borrosa, no supo distinguir entre lo verdadero y lo ficticio, lo que la hizo creer que un torbellino áureo rodeó su torso y la ayudó a recobrar la fortaleza. Cuando aceptó que estaba parada con más ánimo, leves destellos del torbellino áureo reaparecieron, en el que se reveló lo voz de una dama solicitando auxilio. Lyosha le respondió, pero al no recibir contestación de regreso determinó que la voz era solo un eco. Tuvo la alternativa de alejarse del bosque, aunque prefirió quedarse a esperar y volver a escuchar el susurro.

No aguantó la espera. Prosiguió hacia una caminata incierta. Se detuvo a descansar. Alzó la mirada y encontró que los árboles de esta área poseían más vitalidad versus a la zona de la que se había marchado. Ráfagas intensas estimularon el movimiento de las ramas perennes, el torbellino áureo se trasladó al ritmo del viento; la voz de la mujer fue percibida una vez más. Lyosha tomó esto como uno señal. Le había perdido el miedo al bosque. Sin meditar la decisión, persiguió al torbellino áureo y las ramas perennes hasta regresar a las profundidades de un lugar conocido.

Se detuvo frente a una pared rocosa de gran altitud, con una abertura en la que accedió hacia una cueva y rincones sombríos. Se dejó guiar por el instinto en medio de tanta tiniebla. Lyosha supuso que revivía alguna clase de *déjà vu* porque al caminar por esta extensión se le hizo familiar. Al reaparecer el torbellino áureo, destellos pasajeros provenientes del remolino de polvo iluminaron la fase restante del recorrido, en donde encontró unas enredaderas perennes que le recordó que ya estuvo en esta región apartada.

Por cuestión del destino y la magia del bosque cercano regresó hacia la cueva Bonanza de la mina Kennecott sin entender el porqué de este retorno. De frente a las enredaderas perennes, la voz de la dama del torbellino áureo resurgió suplicando ayuda y libertad. Lyosha intentó socorrerla al tratar de mover las enredaderas perennes que se extendían desde el piso hasta el techo. Una cortadura sobresalió al rozar el centro de la mano izquierda y derramar una cantidad notable de sangre encima de esta planta. Sin fuerza alguna, logró de modo automático retirar las enredaderas perennes, por consiguiente, el tamaño de este arbusto se redujo en una rama pequeña de pino junto a una diminuta corona de piña.

Las deducciones de los mineros fueron ciertas con respecto a la certeza de la existencia de piedras de otro al otro lado de las enredaderas perennes. Lyosha al distinguir las piedras de oro, descubrió que cerca de la pequeña rama de pino y la diminuta corona de piña había una roca diferente. Una roca que en su superficie se entremezcló tres minerales en común: oro, plata y bronce.

Curiosa, recogió primero la pequeña rama de pino, luego la diminuta corona de piña y después la piedra. Estos elementos se unieron en sus manos. La reactivación de la onda expansiva de un torbellino áureo mayor la levantó en el aire hasta levitarla. Seguido la tiró al suelo de la cueva. El torbellino áureo mayor se introdujo en su cuerpo. Imágenes de un pasado se revelaron en sus pensamientos. Las marcas de los ancestros retornaron esta vez en un rostro novel.

VIII

Algunos de los devotos trabajadores que permanecieron en la cueva Bonanza alertaron a los mineros-jefes que las enredaderas perennes habían sido removidas. Los mineros-jefes se detuvieron en el portal que ocupó esta planta, confirmaron que la existencia de las piedras de oro no fuera una mentira, y ordenaron la pronta remoción de este mineral del fondo de la mina. Al reanudar las labores, los trabajadores vieron a Lyosha sentada en el suelo de frente a las piedras de oro, quien al girar su rostro expuso ante los ojos de ellos una marca asombrosa. Los murmullos de estos hombres la desorientaron hasta el punto de alejarse y retornar al bosque mágico hacia los pinos caídos. Ya en el bosque, se arrodilló e introdujo sus manos en la tierra. Imágenes de un pasado que no le pertenecía invadieron su conciencia. Gritó hasta mencionar el nombre del responsable de esta confusión.

— ¡McCarth! ¡McCarth! —bastó solo mencionar dos veces este nombre para perder el control de su cuerpo y desmayarse.

Una dama nativa se paró de frente a ella, colocó sus manos en sus ojos heridos, y acercó su oído para confirmar si aún respiraba. La mujer retiró la mano izquierda de los ojos de Lyosha. Frotó su rostro de ese mismo lado. Desprendió de la piel un objeto natural. Ese objeto natural fue una corona de piña de un árbol perenne que pulverizó, transformó en polvo áureo e inhaló con anhelo de absorber su magia. Abrió los labios de Lyosha y convocó una palabra.

— ¡Sackelie!

Con este vocablo el cuerpo de la dama nativa fue cubierto por el torbellino áureo y las cenizas se introdujeron hasta las entrañas de Lyosha.

La voz de la dama del torbellino áureo despertó a Lyosha. No escuchó el eco en las lejanías sino desde su razón. Se tocó la cabeza asustada porque pensó que vagaba en plena vesania.

—No temas. No voy a hacerte daño.

— ¿Quién eres?

—Ka'y'unah, hija de los ancestros del bosque Root.

— ¿Por qué estás invadiendo el cuerpo que le pertenece a otra alma?

— En tus entrañas recorre la misma sangre chilkat-tlingit a la que pertenecemos. Esto ayudó a que culminaras con la metamorfosis mineral que fue interrumpida hace unos días. Ya los árboles perennes y los ancestros del bosque Root no corren el peligro de perecer.

Lyosha interrumpió a Ka'y'unah para mostrarle desde su visión que se equivocó con respecto a que los árboles perennes se habían salvado.

—No sé si puedas ver a través de mis ojos. Aquí ya no existen árboles perennes. La tierra ha sido disecada.

Ka'y'unah guardó silencio.

— ¿Qué sucedió con la tierra y los árboles perennes?

—No te puedo decir porque te estaría mintiendo.

—Hace unos días este terreno era fértil y las ánimas de mi familia ancestral descansaban dentro de estos árboles perennes. No puede ser que la metamorfosis mineral haya acabado con sus almas.

Con esta última oración, Lyosha entendió que Ka'y'unah estaba confundida, y no sabía en qué época se encontraba.

— ¿Qué año es este?

— ¿Por qué de la pregunta?

— ¡Por favor, respóndeme!

— Es el año 1788.

—Temo decirte que han transcurrido ciento nueve años. Este es el año 1897.

— ¿Cómo es posible que haya pasado ya un siglo?

Lyosha y Ka'y'unah continuaron con la conversación y cómo fue que su alma regresó años más tarde.

— ¿Cómo fue que me encontraste? —Ka'y'unah intrigada quiso conocer de inmediato la respuesta a esta interrogante.

—Hace un año atrás, unos mineros-jefes se trasladaron de Klondike hacia McCarthy, y encontraron una cueva a la que bautizaron como Bonanza de la mina Kennecott. Emprendí el viaje hasta acá al regarse la voz de que habían hallado oro en una zona lejana. El oro no pudo ser removido porque las enredaderas perennes obstruyeron el paso.

— ¿Has dicho unas enredaderas perennes?

—Si.

Ka'y'unah desvió el diálogo para hacerle otra pregunta a Lyosha.

— ¿Puedes tocarte el rostro del lado izquierdo? ¿Qué sientes al posar tu mano?

—Al palpar la cara siento como si tuviera hojas, ramas y semillas en esta margen del semblante.

— ¿Por qué siento la superficie de mi cara tan extraña?

— ¿Cuándo desaparecieron las enredaderas perennes que obstruyeron el paso de la cueva?

—Al cortarme la mano izquierda, derramar sangre en esta planta, y encontrar una piedra de oro, plata y bronce junto a una pequeña rama perenne con una diminuta corona de piña.

— El edihá'h. ¿No recuerdas algún otro detalle?

— Los trabajadores de la cueva Bonanza y los mineros-jefes me observaron anonadados. Desaparecí hasta el bosque Root, grité el nombre de McCarth y después me desmayé.

El espíritu de Ka'y'unah se estremeció dentro del cuerpo de Lyosha al escuchar el nombre de McCarth

—No puede ser. Tanta confianza depositada en él y mi familia ancestral fue traicionada por su avaricia.

— ¿En quién confiaron?

— En un hombre dañino que no le importó culminar con las ánimas del bosque Root para apoderarse del oro novel que se obtenía de la absorción de las luces del día y la noche del sol de medianoche. Durante el solsticio de verano, al quedar las raíces de estos árboles perennes expuestas, no solo acabó con mi familia ancestral, sino que también interrumpió la metamorfosis mineral. Ocasionó que las hojas que solían acompañarme con el torbellino áureo obstruyeran el paso de Beneke'h, la cueva que se nombró como Bonanza.

Hizo una pausa para revelarle el gran secreto a Lyosha.

—Es muy importante que entiendas que los seres como yo debemos escondernos del sol de medianoche porque corremos el riesgo de desaparecer si nos exponemos a la luz del día y la noche durante este evento. Fui salvada por mi padre Kanaát de morir pulverizada y debo permanecer en las sombras durante dicho acontecimiento. Para los espíritus de la tribu chilkat-tlingit, el edihá'h es la piedra de la desgracia, ya que cuando McCarth traicionó la confianza para apoderarse del oro novel que debía depositarse en Beneke'h, su avaricia detuvo la metamorfosis mineral, así como la regeneración de mi cuerpo.

— ¿Al interrumpir la metamorfosis mineral te transformarte en edihá'h por no haber finalizado la regeneración de tu cuerpo? ¿Fue McCarth el causante de que ambos actos importantes no se concretaran?

—Exacto. Al parecer utilizó la palabra sagrada y no culminó de recitarla. Entonces, como en la mitad de ti recorre la pureza de la herencia chilkat-tlingit, indirectamente fuiste involucrada en esta maldición cuando derramaste gotas de sangre de la mano izquierda en las enredaderas perennes, y uniste la pequeña rama de pino con la diminuta corona de piña. En pocas palabras, mi espíritu se regeneró al concluir la metamorfosis mineral en tu cuerpo.

—Eso quiere decir que mi cuerpo está atado a dos espíritus hasta que se resuelva el enigma con McCarth.

—Por tal razón, hay que encontrar el edihá'h porque mi alma está relacionada con el espíritu de McCarth y eso te pone en riesgo. Si después de un siglo regresé, sé que pronto su ánima retornará. Debamos vigilar el oro de Beneke'h hasta que encontremos el modo de destruir la piedra de la desgracia. Cualquier movimiento o traslado de estas rocas áureas atraerá a este avaricioso.

— ¿Ambas podemos morir si se destruye el edihá'h?

—Se corre el riesgo, aunque trataré de liberarte de esta maldición.

IX

Los trabajadores removieron las piedras de oro de la cueva Beneke'h (Bonanza). El edihá'h fue transportado en un ferrocarril junto a estas rocas áureas. La ruta del tren Aurora partió desde Kennecott, pasó por el centro de cobre, reanudó el viaje en Glennale e hizo una breve travesía por Tok y Beaver Creek en Canadá. En Tok y Beaver Creek, la cabina en donde se transportó el edihá'h se estremeció hasta detenerse en Kluckwan. Para la segunda ocasión, intensas vibraciones sacudieron las demás cabinas y el lado frontal del transporte. Se suponía que el destino final fuera mediante la ruta marítima de Taiya Inlet hasta llegar a Dyea y Skagway lo cual no se concretó.

Ka'y'unah y Lyosha se trasladaron a través del torbellino áureo y al igual que el ferroviario Aurora arribaron a Kluckwan, la tierra natal de la tribu chilkat-tlingit. Ambas decidieron detener el ferrocarril, pero la situación se salió de control cuando una tolvanera proveniente de las cenizas del torbellino áureo estrelló el tren en aguas de Port Chilkoot. Las piedras de oro de Beneke'h proveniente de los ancestros del bosque Root permanecieron hundidas. A su vez, las corrientes del Chilkoot Inlet trasladaron el edihá'h hacia el Lynn Canal y Juneau.

A mitad de verano, cerca del solsticio de verano, en las costas de la Isla Douglas frente a frente al horizonte cercano en donde se podía ver Juneau separado por el canal Gastineau, un hombre entre la adultez temprana y en extrema ebriedad se acercó al agua con el objetivo de ahogarse porque se consideró un joven capitán acabado. En las orillas del canal Gastineau, Evined Acalas —con una visión borrosa por el alcoholismo— encontró el edihá'h. Confundió esta piedra con una concha de ostra. Al tocar el edihá'h, una descarga de electricidad natural recorrió sus brazos, y de ahí su cuerpo fue enviado hasta el fondo del agua. Ya debajo respiró con facilidad. Se topó con una embarcación que pareció haberse hundido reciente.

Con sensación de curiosidad, se introdujo a fisgonear en el barco, y descubrió piedras de oro en el interior de frascos de whiskey alterado. El alcohol seguía intacto, como si este líquido en el pasado sirvió para añejar el mineral que flotaba, además que con discreta sugerencia pareció desear la libertad fuera de las botellas. Jamás había poseído en sus manos envases del whiskey Halikáh y creyó en la posibilidad de embriagarse debajo del agua. Rompió la cerradura del armario cercano para agarrar otras botellas, pero allí aferró su mano a una brújula. Abrió y liberó un torbellino áureo.

Del torbellino áureo, el espíritu de un hombre despertó de la longevidad que, en lugar de agradecerle, le reclamó por haber tocado las botellas de Halikáh y el compás.

— ¿Por qué has querido robar las botellas de whiskey y la brújula?

— Solo quiero un sorbo de alcohol porque no puedo con la locura de la sobriedad. —Enived Acalas tembló ansioso por los efectos que implicó el no haber probado el sabor de este whiskey.

— ¡Cálmate! ¡McCarth te ayudará a cumplir ese deseo!

Joseph McCarth se aprovechó de la debilidad de Acalas. Lo engañó diciéndole que repitiera la palabra Sackelie a cambio de las botellas del whiskey Halikáh. Como consecuencia, el torbellino áureo junto al espíritu de McCarth se introdujo dentro del cuerpo de Evined Acalas. No obstante, McCarth se cortó uno de los hombros de su novel cuerpo con la cerradura rota del armario, vertió gotas de sangre en cada frasco de Halikáh y recitó el vocablo sagrado.

— ¡Sackelie! ¡Sackelie!

Con la palabra sagrada de los chilkat-tlingit —que no sabía su significado real—, liberó el barco del Frederick Sound el cuál bautizó con dichas sílabas comprometedoras. Miró hacia las botellas del whiskey Halikáh, por ende, le ordenó al barco que regresara a buscar el oro que le negaron los ancestros del bosque Root; ese mismo mineral de la cueva Beneke'h que se hundió en Port Chilkoot. Joseph McCarth no se imaginó que a bordo de la embarcación estaba el edihá'h que guio a Evined Acalas hacia el Sackelie. Un rastreador de las actitudes peligrosas de los humanos. Con la activación de su avaricia humana fue sencillo localizarlo de inmediato.

Había traicionado a los ancestros del bosque Root. El alma del guardián de las piedras de oro de la cueva Beneke'h escogió a un ser humano con deshonestas virtudes —parecidas a las de él— para que le ayudara a retornar al lugar de origen. Se apropió de la esencia genealógica (ancestros) cuando interrumpió la metamorfosis mineral. La amnesia en su memoria con el tiempo borró las últimas reminiscencias y los recuerdos que tuvo con la hija de las ánimas chilkat-tlingit.

Joseph McCarth vio y sostuvo el edihá'h con mirada de extrañeza. Tiró la roca dentro del armario que resguardó el compás junto a las botellas del whiskey Halikáh. El barco Sackelie siguió la antigua ruta para volverse a apoderar del oro de los ancestros del bosque Root. Mientras, ella lo estaba esperando, porque no le perdonó haber quedado atrapada en una forma sólida. Una roca de la desgracia que percibía la traición al igual que la avaricia.

Presintió la sensación de la desdicha. McCarth encontró las piedras de oro que Ka'y'unah hundió en el Port Chilkoot para atraparlo. Así, estando tan cerca tomaría venganza por el exterminio de los ancestros del bosque Root y los árboles centenarios en donde reposaron en el pasado

X

Con los ojos cerrados, Lyosha hizo la conexión mental para preguntarle al espíritu de Ka'y'unah porqué estrelló el tren Aurora en Port Chilkoot, y arriesgó la vida de los trabajadores de la mina Kennecott.

— ¿Por qué arriesgaste la vida de los trabajadores de la mina Kennecott para estrellar el tren Aurora?

— Es un señuelo para atraer al traidor-avaricioso que se apoderó del oro novel de los ancestros del bosque Root y destrozó las raíces de los pinos que resguardaron a esos espíritus chilkat-tlingit.

El desaire fue evidente por parte de Ka'y'unah.

—Si no más recuerda eres una intrusa en el cuerpo de una humana. No es justo arriesgar la vida de otros por ajustar asuntos pendientes de hace un siglo. Esta venganza va a salirse de control. Siendo inocente pagaré las consecuencias.

Las palabras sensatas de Lyosha reflejaron un tono de preocupación por cómo se estaba inclinando la situación.

El espíritu de Ka'y'unah explotó en extremo enojo. Lyosha sintió un golpe de furia en su pecho.

— Aquellos hombres que tanto defiendes son igual de avariciosos que McCarth.

Lyosha colocó ambas manos en la frente y viró los ojos en modo de que le fastidió la mención de McCarth.

— ¿Quién es McCarth?

—Es alguien en quien no debí confiar.

Ka'y'unah evadió la pregunta de Lyosha en una simple respuesta. Le expuso que el edihá'h además de resguardar su alma casi un siglo y nueve temporadas, también servía de rastreador de los pasos de este hombre porque ambos estaban conectados a una brújula y la palabra sagrada Sackelie. Según su espíritu, Sackelie era una palabra que los ancestros del Archipiélago Alexander utilizaron para describir el proceso de la metamorfosis mineral, así también cuando cada ánima resguardada en los pinos de los bosques de Alaska absorbía las luces del día y la noche del sol de medianoche en gotas áureas. Para estos ancestros, las piedras de oro no significaban un codiciado mineral, sino un regalo de luz del sol de medianoche que mantenía con vida los suelos naturales de la última frontera. Ka'y'unah guardó silencio, ya que presintió el acercamiento del edihá'h y de Joseph McCarth.

Al otro día, el presentimiento de Ka'y'unah se concretó. Se regó la voz de que trabajadores de la mina Kennecott transferidos a Klondike desparecieron la noche anterior en Port Chilkoot, por la búsqueda de las piedras de oro que se habían hundido junto al tren Aurora. Ka'y'unah activó el torbellino áureo y se trasladó hasta Port Chilkoot. Cuando llegó, divisó rastros del mismo torbellino, pero estas cenizas no provenían específicamente de ella, sino de la brújula de McCarth.

Junto a Lyosha se sumergió en el agua. Se trasladaron por las corrientes hasta Chilkoot Inlet. Encontraron el barco, se adentraron en este, y observaron cómo McCarth con la brújula en mano aspiró los espíritus de los trabajadores de la mina Kennecott e introdujo sus ánimas en el fondo del Halikáh. McCarth les impuso el castigo de unirse a las piedras de oro que se apropiaron en Port Chilkoot dentro de este whiskey.

Lyosha perdió control del cuerpo y pensamientos debido a que Ka'y'unah se apoderó de sus movimientos. Su espíritu enfurecido —dentro de un organismo que no le pertenecía—, se abalanzó encima de McCarth para reclamarle por el daño que causó gracias a la avaricia.

—Tu avaricia no ha tenido límites. Has ocasionado un daño irreversible.

McCarth pegó a Ka'y'unah a su pecho. Esto le generó a ella la revelación de visiones de lo que ocurrió el día que se convirtió en edihá'h, como él se apropió del oro novel de las raíces de los árboles perennes, y la destrucción de los ejemplares centenarios que resguardaron las almas de los ancestros longevos.

— ¿Por qué utilizaste la palabra sagrada de los chilkat-tlingit?

McCarth la ignoró y en un solo vocablo el barco siguió la orden.

— ¡Sackelie!

Descubrió que bautizó el barco con la palabra sagrada.

—Juró que te destruiré y no tendré compasión. Has manchado la herencia nativa de los ancestros del bosque Root al nombrar este barco con el vocablo de la metamorfosis mineral.

Finalmente, por un momento McCarth no entendió a qué se refirió Ka'y'unah, de manera que, la encerró en una habitación de la embarcación junto al armario en donde guardaba el Halikáh. Al abrir la puerta del armario,

Ka'y'unah encontró el edihá'h al lado de otras botellas de whiskey, pero McCarth se inquietó al verla tan cerca de esta mueblería.

Joseph McCarth sujetó un envase del Halikáh, agitó la botella con desprecio, y el corcho salió expulsado por la agitación al vacío. Rozó sus labios con el orificio del frasco e invocó a los ancestros con la palabra Sackelie. Ka'y'unah logró distinguir que la sustancia de este licor provenía de la extracción del jugo natural de las raíces de los pinos centenarios que pertenecieron a los ancestros y las coníferas (coronas de piñas perennes). Su furia aumentó aún más con la fuerza del dolor. La potencia del brío de su espíritu sacudió el barco como si marejadas huracanas lo hubieran golpeado, aunque esto no facilitó el hundimiento del navío. McCarth colérico empujó a Ka'y'unah al agua, justo en el Lynn Canal, por haber intentado sumergir la embarcación. Ahora que había invadido el cuerpo de

Enived Acalas era más indestructible que el humano del ayer.

XI

El firmamento despejado fue la única compañía. Mientras su espíritu flotó durante toda la noche dentro del cuerpo de Lyosha hasta la orilla de la isla Douglas. Divisó las pocas estrellas hasta que cerró los ojos. No le importó si se ahogaba o hacia donde la llevaría las corrientes marítimas. Cada frecuencia de respiración denotó un brío enajenado. El ímpetu de salvar a los ancestros del bosque Root de McCarth había disminuido. Ni se preguntó qué sucedería después porque la derrota sometió la eficacia y las intenciones de rescate. Ka'y'unah perdió la esencia que la caracterizaba luego de haber sido arrojada del barco Sackelie por Joseph. Al ver tan cambiado a Joseph McCarth, los recuerdos abrieron las fibras de su corazón herido que, parcialmente cerró para no ser lastimado, pero que no sanó de la traición. Solo en el silencio supo lo que fue sufrir en la soledad el intercambio del amor incondicional por la avaricia áurea. La devoción hacia este hombre que la llevó a la perdición y el atrapamiento del alma por casi un siglo en una piedra de oro, plata y bronce.

Aquel refrán de que a veces el cansancio mental era más perecedero que el físico confirmó el padecimiento del corazón de Ka'y'unah. Se estaba torturando así misma por haberle fallado a los chilkat-tlingit. La conexión mental entre Lyosha y Ka'y'unah se desvaneció tan pronto ella se apoderó de movimientos y pensamientos que no le correspondían ante la ira de enfrentar a McCarth. Sintió la extenuación humana, aunque dicho agotamiento no le pertenecía a su espíritu en sí sino a Lyosha.

El cuerpo de Lyosha envió señales de auxilio, ya que sus entrañas se ahogaban entre las mezclas de sensaciones, decisiones y acciones de Ka'y'unah. Sin embargo, en ese cuerpo cansado que había invadido determinó que el espíritu de Lyosha debía de retornar. Quebrantó la tregua entre ambas. La condición de que permanecería en el organismo de otra dama, siempre y cuando no se apoderara de su fuerza y aliento.

— ¿Cómo pudiste quebrantar un simple acuerdo? Era tan sencillo dejarte guiar por el espíritu de una persona sensata.

El regaño de Lyosha evidenció cierto desacuerdo hacia el juicio irracional de Ka'y'unah con respecto a ajustar viejas disputas con McCarth.

— Duele saber que confié en vano. Duele reconocer que mi familia nativa fue traicionada. Duele comprender que lazos nocivos me separaron del hombre que amé con devoción.

Punzadas de tensión golpearon el pecho de Lyosha en corazonadas que evocaron emociones melancólicas. Esta aflicción no giró en torno a ella sino a la tristeza del ánima de Ka'y'unah.

—Puedo comprender que estás sufriendo por la traición hacia tu pueblo nativo, así también porque le entregaste tu amor a un hombre malévolo.

—No debí confiar. Ya sabía cómo era él. Ahora los ancestros del bosque Root están sufriendo las consecuencias de yo haber creído en Joseph McCarth.

— ¿Por qué juzgarte por un sentimiento de amor?

—Fui una ingenua al pensar que había cambiado. La avaricia nunca desapareció. Le estuvo acompañando durante las siete temporadas que estuvimos juntos.

— A veces el corazón elige amar a individuos dañinos que no se merecen ni la mitad del fervor y la admiración de personas devotas porque no poseen amor propio.

Del bolsillo del traje desgastado de Lyosha, introdujo las manos de esta fémina comandando los movimientos con su alma y de ahí sacó el edihá'h.

—Al parecer tienes ciertos problemas de entendimiento. No hace mucho te reclamé por romper nuestro acuerdo verbal. —frunció y apretó los labios en un gesto de reproche.

La ausencia de justificaciones favoreció el reclamo de Lyosha. Ka'y'unah no pudo refutar ni defenderse sobre los verdaderos argumentos que le expuso esta mujer en reacción a la molestia de emplazarla de su cuerpo e invadir cada complexión como si fuera suya.

— ¡Perdóname!

—No se trata de que si te perdono o acepto tus disculpas. La problemática entre ambas es que en un ataque de coraje por culpa de Joseph McCarth olvidas mi existencia, y te apoderas de un cuerpo que no te pertenece.

—No volverá a suceder. Te lo prometo.

— ¡Ya basta de promesas! —enfurecida haló de su cabello, deslizó ambas manos oprimiendo el rostro del lado de las mejillas y añadió: — ¿No sé quién en más peligroso entre tu espíritu o el de Joseph McCarth? Solo deseo que pronto te marches y me devuelvas mi cuerpo.

— Es evidente que estés enojada. Considero que me he comportado igual que Joseph McCarth.

—Te agradezco que reconozcas el error de tus actos.

Ka'y'unah volvió a mirar el edihá'h, Lo lanzó al agua con las manos temblorosas.

De un momento a otro, las piernas de Lyosha flanquearon, y cayó al suelo al no poder controlar el estremecimiento de su sistema nervioso.

—Me he rendido. Ya no puedo salvar las piedras de oro noveles de los ancestros del bosque Root. El ánima de Joseph McCarth se fortaleció con el poder de la brújula.

Al enfurecerse, Lyosha se levantó con dificultad, y le recalcó la importancia de no rendirse en el intento de salvar las piedras de oro y los ancestros del bosque Root.

—No es hora de rendirse. Es obvio que ambas dependemos la una de la otra. Debemos de encontrar la forma de hundir el barco Sackelie junto al espíritu de McCarth.

Cuando recobró la compostura, se dirigieron hacia una ruta imprecisa. Durante la travesía exploraron un camino y se toparon con un objeto sólido que el destino se empeñó en devolver.

Corrientes extensas de agua y relieves vegetativos separaban la isla Douglas de Juneau. Para poder acceder, además de acercarse a tierra, debía utilizarse únicamente embarcaciones. Ka'y'unah y Lyosha podían invocar el torbellino áureo, viajar a través de ligeros vendavales, y arribar en menos tiempo al otro lado de *Nai'nee* (Juneau). Para avanzar, se sumergieron en contra del curso de la bahía, aunque prefirieron nadar con un poco de ayuda del torbellino áureo. Ambas reposaron en el cuerpo cansado de Lyosha a orillas de Tahane en el canal Gastineau. En la arena humedecida trazó círculos con las manos. Por un momento Ka'y'unah recordó la paz sobre las adversidades gracias a la dama que acogió su espíritu.

Ka'y'unah enterró las manos de Lyosha en la arena humedecida para palpar la tersa gravilla que agarró en un gran puñado. La tranquilidad se esfumó cuando el agua deshizo los residuos y expuso el edihá'h. Tanto Lyosha como Ka'y'unah vieron que el edihá'h en su color habitual expulsó un fluido negro parecido al petróleo. La mancha negruzca se extendió desde la orilla de Gastineau hasta la bahía Tahane. Dentro de cierta profundidad de la bahía Tahane, el vestido desgastado de Lyosha se tiñó de oscuro hasta el tope de las mangas abullonadas. El espíritu de Ka'y'unah guardó silencio. Al volver a observar la piedra de la desgracia tuvo otra visión. Esto provocó que ambas se sumergieran por el peso del edihá'h.

Los pulmones de Lyosha no pudieron resistir el atragantamiento de tanta agua ingerida por su organismo.

Se ahogó mientras Ka'y'unah luchó con la visión. En efecto, sus almas se separaron por la confusión de imágenes esporádicas. Ka'y'unah vio como un hombre inocente fue arrastrado hasta el Sackelie y luego ser poseído por el ánima de Joseph McCarth. Por otro lado, Lyosha experimentó la extrañeza de un peso máximo que la sumergió en el agua, manteniéndola hundida con la dificultad de subir a la superficie en la búsqueda de respiro. Los latidos de su corazón dieron la batalla hasta que finalmente falleció entre la confusión de la visión de Ka'y'unah y lo que ella divisó como humana.

En la visión, Ka'y'unah confirmó que Joseph McCarth se había apoderado de Evined Acalas al igual que ella de Lyosha. No pudo entender que conllevó la separación de su espíritu del alma de Lyosha. Tampoco intuyó que mientras ella se afanó por continuar aferrada a la visión, la dama que le permitió tomar su cuerpo y le brindó ayuda, batalló por sobrevivir a la sumersión en la bahía

Tahane que le arrebató la vida. Se culpó por el ahogamiento de Lyosha. No obstante, aunque sus ánimas fueron separadas, Ka'y'unah no pudo desprenderse de ese cuerpo moribundo y continuar como espíritu libre.

Quedó atrapada debajo del agua. Le achacó la muerte de Lyosha al peso que implementó el edihá'h y los efectos que provocó. Quiso deshacerse de la piedra de la desgracia. El objetivo era abandonar este objeto sólido en las profundidades de la bahía Tahane. Llevó a cabo el plan, pero el cuerpo de Lyosha no subió a la superficie. Su ánima también estaba por desaparecer. Más adelante, se despidió del mundo en peores circunstancias. Pensó y se dijo a sí misma: «Joseph McCarth ganó esta contienda».

XII

Frescura veraniega, vaho familiar de hojas perennes y vapor de leña impregnaron la floresta. Dichos olores provocaron que Ka'y'unah despertara en el bosque Root. Trató de recorrer su hogar, en fin, sus pies estaban inertes lo que no permitió ningún movimiento. Estaba atrapada en una especie de paredes controladas por reminiscencias del pasado. El sol desapareció y el firmamento se oscureció. En una reacción de vulnerabilidad buscó con sus ojos la cueva Beneke'h para ocultarse del sol de medianoche. Quería escapar de algún modo. Le temía al solsticio de verano.

Las imágenes del bosque Root desparecieron. Sombras de un atardecer conocido cuando nunca se esconde el sol la rodearon. Este crepúsculo aparecía horas antes del reencuentro con las luces del día y la noche del sol de medianoche. Se agachó y se cubrió con sus manos temblorosas. No sabía que le depararía al tener contacto con el sol de medianoche.

— ¡Por favor que sea una muerte rápida! —lloró ante la súplica a los ancestros del bosque Root.

Miró a la atmósfera y el cielo se oscureció dejando entrever auroras boreales que no debían de aparecer en verano. Las auroras boreales tocaron el suelo. De este fenómeno natural, apareció un hombre con piel cobriza, ojos oblicuos, cabello lacio y oscuro, nariz recta y alargada y constitución robusta. El pecho de este nativo estaba marcado con un visible tatuaje áureo en el pecho con la forma de una rama de pino, una diminuta corana de piña y una piedra. Al acercarse, Ka'y'unah pudo ver que la piedra trazada en el tórax poseía el tono plata y cobre. Se preguntó quién era este semejante individuo.

—Hija, al fin puedes conocerme —abrazó a Ka'y'unah como si la conociera de toda la vida.

— ¿Quién eres? —lo apartó de un empujón.

— ¿Acaso no reconoces el ánima que te guio durante el crecimiento?

— ¡Papá Kanaát!

Quería abrazarlo. La inmovilidad de sus piernas no se lo permitió.

—No puedo abrazarte.

—Lo sé. Es el peso de los pecados de Joseph McCarth lo que no deja que avances.

—Los pecados junto a la piedra de la desgracia. Esa roca en la que me convirtió cuando se apoderó de los ancestros y el oro novel. El objeto sólido que le arrebató la vida a la única persona que confió en mí y de descendencia chilkat-tlingit.

—Estás equivocada. El edihá'h no le quitó la vida a Lyosha sino el peso de los pecados de McCarth. Esta piedra de la desgracia posee otra clase de poder que te ayudó a volver luego de un siglo y nueve temporadas.

Por consiguiente, Kanaát le explicó a Ka'y'unah que cuando su espíritu fue liberado y pudo introducirse en otro cuerpo, el edihá'h rastreó un ser humano con la misma descendencia para que regresara a reparar los daños que McCarth ocasionó. La unión de ánimas con humanos no tenía que ver con entrelazar la rama de pino y la diminuta corona de piña con el edihá'h. El poder en sí lo poseía la piedra de la desgracia.

Entonces entendió que la piedra de la desgracia no trajo desdicha ni para ella y su pueblo nativo chilkat-tlingit. Los ancestros del bosque Root la nombraron así porque ocultaron el poder secreto de esta roca basado en el torbellino áureo (oro), la brújula del capitán (plata) y la avaricia de McCarth (bronce). El poder oculto conllevó el sacrificio de su hija nativa que se transformó en piedra para ser protegida de algún daño hasta que fuera liberada. Segundo, el regalo del torbellino áureo adjunto a la brújula de McCarth fue un señuelo para ser rastreado en el futuro en rutas marítimas si traicionaba a Ka'y'unah y los ancestros del bosque Root. Tercero, la avaricia de Joseph activaría un mo'pa'cáh (rastro petrolero desde el agua) por sus lóbregos pecados que permitiría ubicar la zona exacta en donde se ocultaba. Por último, Kanaát recalcó que de cada mineral que componía el edihá'h se eligió una magnífica cualidad que conservaba un dominio restaurador de almas, tales como: nobleza (oro), absorción de cualquier clase de luz (plata) y restaurador de luz (bronce).

—Es muy importante que recuperes el edihá'h y te dejes guiar por la piedra de la desgracia. Con los pecados de Joseph McCarth, su avaricia y la invocación del vocablo sagrado se ha activado el llamado mayor.

— ¿El llamado mayor?

—Las voces de los ancestros del Archipiélago Alexander. Al utilizar la palabra sagrada adquirió más fuerza.

— Aun no entiendo cómo descubrió la palabra Sackelie. Soy la culpable directa de lo que ha sucedido con los ancestros del bosque Root por confiar en él.

Kanaát agarró el rostro de Ka'y'unah y le dio un beso en la frente.

—Jamás te arrepientas de haber amado a este hombre. Tenía la oportunidad de cambiar y el derecho a la confianza. Detrás de la traición por la avaricia pronto regresará el arrepentimiento.

El mensaje de Kanaát impactó a Ka'y'unah por la consideración hacia Joseph McCarth. Los ancestros del bosque Root de descendencia chilkat-tlingit eran seres que basaban sus creencias en la prioridad del perdón. Entre luces boreales, el espíritu de Kanaát regresó con las demás auroras, y su hija nativa contempló la reincorporación con los ancestros de Alaska (el llamado de la protección). Cerró sus ojos. Inhaló, exhaló y soltó un suspiro calmado.

XIII

«¡Anda! ¡Apresúrate! ¡No temas! ¡Old Horizon te esperará hasta la inmortalidad!». En su mente regresó la última imagen de la promesa de Joseph McCarth. Más allá de esta reminiscencia, Ka'y'unah rememoró el error inconsciente que había cometido.

— ¡Old Horizon te esperará hasta la inmortalidad!

Regresó a los brazos de McCarth. Lo besó con gran pasión. Posicionó sus manos detrás del cuello. Apretó los dedos entre la nuca y la cabeza.

—Regresaré. Lo prometo. Debo responder a la encomienda de los ancestros del bosque Root. Cualquier amenaza por más sencilla que sea despertará a Sackelie.

Joseph McCarth se alejó en la distancia. El instinto de Ka'y'unah la hizo reaccionar porque sabía que sucedería. No pudo luchar ante el reflejo de un espejismo del pasado y reparar la falta inocente que cometió por amor. Cerró los ojos nuevamente. Deseó que esta pesadilla interminable cesara.

Abrió los ojos. Percibió como caía al vacío dentro de una sumersión marítima. Estiró los brazos para alcanzar la superficie en vano. Su espíritu quedó atrapado en el cuerpo que se apropió. Dirigió la mirada hacia el suelo marino. Las amalgamas fosforescentes y azul royal de las ágatas confundieron la mínima visión que poseía. La inmovilidad le imposibilitó acercarse. Suplicó ayuda a Kanaát a través de una conexión mental secundaria.

— ¡Padre, no puedo moverme! Te suplico que me envíes una señal.

Luces polares provenientes del firmamento ingresaron al fondo de la bahía Tahane. Los colores boreales fueron una muestra de que las auroras habían sobrepasado la capacidad de la naturaleza habitual. Normalmente, solían aparecer a mediados de septiembre extendiéndose la temporada hasta abril. Sin visibilidad entre mayo, junio y julio dentro de las cercanías del solsticio de verano. Este evento junto al sol de medianoche impedía la visibilidad por la extensión de los días más largos y las noches más cortas. Las luces del día y la noche del sol de medianoche se escondían entre sí, aunque la claridad del primero era más notable que la oscuridad del segundo.

Las auroras formaron un remolino en el fondo de la bahía Tahane. Esto provocó que las ágatas se levantaran del suelo marino y rodearan el cuerpo moribundo de Lyosha en un torbellino de piedras. Con una conexión mental secundaria que la comunicó con su padre, Ka'y'unah observó el evento y lo que ocurrió seguido. Dentro del torbellino de ágatas halló el edihá'h. Un remolino de amalgamas activó un rayo colorido que expulsó la piedra de la desgracia y luego arropó a Lyosha. Durante la conexión mental secundaria con las acciones de Kanaát escuchó con detenimiento las instrucciones de su padre.

—Tienes una sola oportunidad para mover el cuerpo de Lyosha, alcanzar el edihá'h y acercarlo a su pecho.

Ka'y'unah se acercó al torbellino de ágatas. Por un momento, el cuerpo de Lyosha cayó en un leve vacío, pero esta reacción fue producto del tiempo de inconsciencia entre ambos espíritus. Al coger la piedra de la desgracia entre sus manos, movió hacia delante el pecho y el edihá'h colgó del tórax de esta dama. Kanaát le hizo una seña a Ka'y'unah con la voz.

—Repite las siguientes palabras: *amocáh aleja mo'pa'cáh*. Luego invoca los dones del edihá'h.

Apretó con resistencia el edihá'h en el pecho de Lyosha. La piedra de la desgracia se adhirió en la piel como fierro caliente.

—*Amocáh aleja mo'pa'cáh*. Oro es la nobleza de haber cedido tu cuerpo y espíritu para corregir el error de alguien más. *Amocáh aleja mo'pa'cáh*. Plata absorberá la luz del óbito para que regreses al mundo que perteneces. *Amocáh aleja mo'pa'cáh.* Bronce restaurará la luz de la vida que te fue arrebatada.

Lyosha no respondió al llamado. Ka'y'unah volvió a repetir las palabras. La angustia se apoderó de la espera. Se abrazó así misma con el cuerpo.

— ¡Responde! ¡Es importante que vuelvas! — sacudió a Lyosha controlando su interior y añadió entre lágrimas: —Nuestros ancestros chilkat-tlingit te necesitan. Regresa. Ayúdame a reparar el daño que causé junto a McCarth.

Las lágrimas áureas de Ka'y'unah se entremezclaron con el rayo colorido de las auroras producto del torbellino de ágatas. Ambos elementos formaron una gota al unirse y se acercaron a la comisura de la boca de Lyosha. Cuando Ka'y'unah abrió los labios de Lyosha, la gota entró hacia la garganta, en dirección hacia la memoria.

— *Amocáh aleja mo'pa'cáh* —repitió por última

vez Ka'y'unah.

El edihá'h se desprendió del pecho de Lyosha. Su

cuerpo expulsó el mo'pa'cáh hacia el rastro petrolero al que

pertenecía. Retornó a la vida con intensidad y energía.

Ambas presenciaron y experimentaron por primera vez el

amocáh o llamado de la protección gracias a Kanaát y los

ancestros de Alaska.

XIV

El llamado mayor se había activado por medio de la palabra sagrada. Sackelie era un vocablo que representaba las voces de los ancestros del Archipiélago Alexander. Los ancestros del Archipiélago Alexander respondían al eco de auxilio en ayuda de los hijos nativos de Alaska ante inminente peligro. Aunque también estos seres percibían cada amenaza que pudiera finalizar con la continuidad de una genealogía milenaria.

Los ancestros del bosque Root se aseguraron de proteger a su hija nativa de las garras de un amor ciego hacia Joseph McCarth. Esta acción de seguridad conllevó el sacrificio del alma de Ka'y'unah al atraparla en el edihá'h por ciento nueve años. Ella confió en McCarth a plenitud, pero los chilkat-tlingit tuvieron sus dudas cuando le suplicó un regalo de confianza para el hombre que amaba. Estas ánimas chilkat-tlingit invocaron a su hermano Kanaát, ya que se había unido a los demás ancestros de Alaska, y sabía cómo se podía postergar un acontecimiento amenazante sin eludir a la predicción de los sucesos.

La única forma de saber los movimientos, los sentimientos y lo pensamientos de McCarth era regresándole la brújula. Ese artilugio por el que perdía la razón cuando desaparecía u olvidaba vigilar. Comúnmente, los capitanes controlaban la brújula, sin embargo, este compás ejerció un control en Joseph McCarth comandando sus acciones y decisiones en torno a una avaricia descontrolada. Convertir a McCarth en el vigilante de las noveles rocas de oro junto a Ka'y'unah sirvió de señuelo. El compás y el torbellino áureo adjunto como obsequio nunca habían tenido el poder máximo de destrucción sino su sentimiento de ambición.

De la unión de estos elementos junto a minerales representativos entre el oro, la plata y el bronce, Kanaát sugirió a los ancestros del bosque Root extraer cualidades significativas que mantuvieran a Ka'y'unah protegida hasta que el destino eligiera el momento de reparar las circunstancias que se predijeron. Impuso una condición para que estas cualidades protegieran a la hija nativa de los chilkat-tlingit. La cláusula verbal entre Kanaát y los ancestros del bosque Root se basó en que esta protección se debía tener en secreto. Un poder supremo que garantizaría la salvación de Ka'y'unah y la de su familia ancestral.

Los ancestros del Archipiélago Alexander le sugirieron a Kanaát que fuera proactivo. Que no dejara ningún cabo suelto que alarmara a Ka'y'unah y pusiera en alerta a Joseph McCarth. Salvo la utilización del vocablo sagrado que era necesario que se transmitiera a ella con un único propósito. El objetivo implicaría que bajo una sumisión de amor le revelaría a Joseph McCarth la palabra Sackelie. La avaricia del capitán se desataría. Ka'y'unah percibiría la traición y sus coléricos sentimientos al quedar atrapada en la cueva Beneke'h convertida en edihá'h. La piedra de la desgracia para el individuo que sería desleal al amor de la dama que lo salvó y bajo falsedades se apoderaría de las almas de los ancestros del bosque Root.

El edihá'h surgió de la unión de los dones de los ancestros del bosque Root y del Archipiélago Alexander mediante la intervención de Kanaát, pero la codicia de Joseph McCarth selló el destino de Ka'y'unah y de los mismos chilkat-tlingit. Destruyó los lazos genealógicos del sur de Alaska.

Con las cualidades del edihá'h, Ka'y'unah rescató a Lyosha de las tierras del óbito siguiendo las indicaciones de Kanaát. Durante la desorientación, mientras recobró la compostura, confesó un detalle incoherente sobre un recuerdo proveniente de la mancha negra que la hundió en el agua.

—Cayeron en la sombría zona marítima de Alaska. La dama y el caballero se ahogaron en estas aguas oscuras. Él trató de salvarlos en vano. Prefirieron el oro por encima del amor de su hijo mayor. La avaricia acabó con ellos. No es culpable de haber heredado una actitud de la que no se puede deshacer. —Lyosha extendió su mano para alcanzar el horizonte desde la superficie de la bahía Tahane.

— *Amocáh aleja mo'pa'cáh.* ¡Vuelve! ¡Regresa, Lyosha!

— ¡No te alejes, Old Horizon! —lloró la pérdida ajena como si fuera suya.

Lyosha había visto reminiscencias de una niña desconsolada que le suplicó a gritos al capitán de un portentoso barco de tres mástiles con cascos de madera que no la abandonara. La pobre infanta se agarró de un poste del tablado y con voz ronca repitió: « ¡No me abandones, Old Horizon!». Se desmayó en la espera de que volviera por ella.

Las pesadillas de Lyosha se detuvieron mientras flotó en la bahía Tahane. La conexión mental con Ka'y'unah se había perdido, aunque su espíritu siguió en su interior. Sin poder ver las imágenes que perturbaron a Lyosha, supo de antemano de que los recuerdos provenían de otra persona. Escuchó la última frase de una promesa falsa.

— ¡Anda! ¡Apresúrate! ¡No temas! ¡Old Horizon te esperará hasta la inmortalidad!

Luego de vociferar esta expresión, reapareció el alma original de Lyosha, y la conexión mental entre ambas fue reanudada.

XV

No quiso indagar acerca de qué recuerdos había visto Lyosha en su memoria. Dedujo que las reminiscencias que perturbaron a esta dama provenían del mo'pa'cáh y pertenecían a Joseph McCarth. A nadie más se le conocía como Old Horizon.

—Ese hombre posee una carga inmensa y un dolor del pasado que no lo dejó vivir a plenitud.

Ka'y'unah no respondió a la invitación indirecta de Lyosha a preguntarle acerca de los recuerdos que divisó sobre la vida previa de McCarth.

—Dudo que pueda padecer algún dolor cuando tiene a la avaricia de compañía.

—No deberías juzgar si desconoces lo que perturba el ánima McCarth.

—Es más que suficiente reconocer que debo de reparar el error que cometí al depositar mi confianza en él.

Mientras flotaba con las piernas y las manos extendidas, Lyosha se detuvo en la corriente de la bahía Tahane en posición de nado, no sin antes aconsejar a Ka'y'unah.

—Todos merecemos el perdón. El espíritu de Joseph McCarth no se desprenderá del oro y de este mundo hasta que se le muestre el error que ha cometido. No es su culpa…

—Ni siquiera terminaste la oración porque no sabes cómo defender a este traidor. Aun no entiendo por qué padre Kanaát y tú lo defienden tanto. Es obvio que no reconocen la gravedad de una absurda decisión por amor a un hombre que no valoró la confianza que depositó los ancestros del bosque Root en él.

—De seguro padre Kanaát conoce la historia de Joseph McCarth que te niegas ver y reconocer.

La temperatura del cuerpo de Lyosha aumentó a causas de la proyección de la irritación del espíritu de Ka'y'unah.

— ¿Qué te duele más? ¿La traición a los chilkat-tlingit o que olvidó tu amor incondicional?

— ¡Basta ya! Él determinó abandonarme cuando prometió esperarme. Después de ciento nueve años pude ver el daño que causamos ambos.

—No puedes negar que todavía lo amas. Deseas cargar con sus pecados para poder salvarlo a él, pero no sabes cómo hacer esto posible.

Por dolorosa que fuera la verdad, Lyosha dedujo lo que por mucho tiempo ocultó Ka'y'unah en su corazón espiritual. Estaba atrapaba en determinar la elección de rescatar a Joseph McCarth de la avaricia o restaurar los lazos del bosque Root con las ánimas de los ancestros chilkat-tlingit.

XVI

Los trazos del mo'pa'cáh le habían mostrado a
Lyosha los recuerdos del pasado tormentoso de Joseph
McCarth. Ka'y'unah le indicó que los instantes que
falleció, su espíritu fue enviado a una especie de espejismo
del bosque Root. Ahí, se reencontró con Kanaát y le
mencionó que las manchas oscuras del mo'pa'cáh habían
activado las voces de los ancestros del Archipiélago
Alexander proveniente del llamado mayor.

Ese llamado mayor se debía a que McCarth utilizó
la palabra Sackelie para aumentar el poder de su avaricia.
Con el sacrilegio de destrozar las raíces de los árboles
centenarios, el apoderamiento de las almas de los ancestros
del bosque Root, y la apropiación del oro novel que
provenía de las gotas áureas de las luces del día y la noche
del sol de medianoche afectó a Ka'y'unah. Desde el
principio, Kanaát, los ancestros del bosque Root y el

Archipiélago Alexander encubrieron con la formación del edihá'h el secreto de las consecuencias de la interrupción de la metamorfosis mineral.

Ka'y'unah dependía de la metamorfosis mineral para continuar con su forma humana. Sin el oro novel que le arrebató Joseph McCarth a los ancestros chilkat-tlingit no se efectuó la regeneración en la cueva Beneke'h. Transformada en edihá'h y liberada un siglo más tarde, solo era el espíritu del torbellino áureo del bosque Root. En el solsticio de verano, el círculo polar se acercaba hacia Alaska por veinticuatro horas. Esto provocaba alguna clase de purificación y reinicio en donde todo espíritu sin protección desaparecería en los paralelos, y se convertía en elementos de la naturaleza. En la mayoría de la frontera los nativos tomaban la forma de auroras boreales al igual que los esquimos. Pinos como como los ancestros del bosque Root. Luces de Kaigani como los ancestros del Archipiélago Alexander.

El sol de medianoche tenía un efecto diferente en los espíritus y las almas libres sobre las secuelas que se revelaban en los humanos. En los humanos exponía su peor cualidad que aumentaba si este estado de ánimo no era controlado. Los espíritus y las almas libres sufrían alteraciones convirtiéndose en residuos, cenizas, polvo de un torbellino inanimado. No tenían la oportunidad de adquirir complexiones, movimientos o sentimientos. Continuaban por un rumbo que la omisión trazaba por medio de los sentidos. Sobrevivían en la eternidad al sacrificar los vínculos cercanos y el contacto con la humanidad.

Si Ka'y'unah y Lyosha no lograban revertir el enorme impacto de las eventualidades provocadas por el dominio de la avaricia de Joseph McCarth, los recuerdos de la existencia de la hija de Kanaát se reducirían en la pretérita adquisición de la forma del torbellino áureo o de la enredadera perenne.

XVII

El edihá'h expuso los pecados de Joseph McCarth mediante el rastro de manchas oscuras en la bahía Tahane. Esta señal en el agua le brindó una expectativa a Ka'y'unah. Una idea que implicó el seguimiento del trazo del mo'pa'cáh. Tal vez era una expectativa, pero ella había encontrado el modo de hundir el Sackelie junto a McCarth. No obstante, necesitó de un fundamento esencial para concretar el plan de acabar con tanta maldad, y restaurar el vínculo del sur de Alaska con los ancestros del bosque Root.

En una localización específica se podía sumergir el barco Sackelie. La extensa línea petrolera provenía —según los cálculos de Ka'y'unah— de la única zona marítima lúgubre de la última frontera. Llegó a escuchar de la propia voz de Joseph McCarth que las corrientes del Frederick Sound eran temidas por los avezados navegantes. El vasto conocimiento de las aguas alaskeñas no prevenía de los peligros a las personas expertas que se adentraron a explorar este paso de agua.

La teoría de Ka'y'unah fundamentó una sensación incierta y representación nula para Lyosha. No creyó en el hallazgo de un método para destruir el barco Sackelie y a su poderoso capitán.

—¿Cómo dos mujeres destruirán una embarcación contralada por un capitán que no se reconoce a sí mismo bajo el dominio de una naturaleza maligna?

Prosiguió con el nado constante que la conduciría hacia el Frederick Sound.

—Las luces Kaigani nos pueden ayudar a hundir al barco Sackelie.

—¿A qué te refieres que las luces Kaigani nos pueden ayudar en la sumersión del Sackelie?

—Alaska es un territorio espiritual que en la mayoría de las estaciones el firmamento es cubierto por las auroras boreales. Salvo la temporada de verano al reaparecer el solsticio del sol de medianoche. Según los susurros entre padre Kanaát y los ancestros del bosque Root, las auroras boreales son parte de las luces Kaigani que se unen a otros componentes importantes cuando son invocadas. Dicha invocación requiere de la determinación de un sacrificio irrevocable.

—Considero que la invocación de las luces Kaigani es ineficaz.

—La carencia de credibilidad no permite establecer una solución para acabar con la problemática del barco Sackelie y Joseph McCarth.

—Una hipótesis no resolverá el daño que ha hecho este capitán.

— ¿Por qué te empeñas en exponer cierta incredulidad?

— No es posible que las luces Kaigani se activaran en el pasado si estabas atrapada en la cueva Beneke'h y te transformaste en edihá'h.

—Tuve un sueño perpetuo. No era pesadilla. Una visión constante de un espíritu con memoria resguardada en un edihá'h.

El sueño perpetuo de Ka'y'unah consistió en una reacción sobre el reflejo latente de su corazón traicionado que buscó durante demasiado tiempo una respuesta por la traición de Joseph McCarth. Las heridas superficiales que había dejado la avaricia de McCarth en este espíritu no sanaron, sino al contrario, martirizaron a la hija de Kanaát en una aflicción ciega con el afán de venganza. Bajo la aflicción ciega del espíritu de Ka'y'unah, le era complicado a Lyosha controlar las complexiones y los estados del cuerpo que le pertenecieron desde el nacimiento. La serenidad de Lyosha pacificaba el ánima de ella durante el descontrol cuando esta solo controlaba esa estructura ajena.

En el sueño perpetuo, una onda expansiva del torbellino áureo modificó la forma en una ráfaga mayor. Los ancestros del Archipiélago Alexander junto a los chilkat-tlingit del bosque Root y en adición con Kanaát se apoderaron de las exhalaciones fugaces de Ka'y'unah. Mientras tomó una siesta, camuflaron el soplo de un viento primaveral, y le arrebataron un suspiro inocente que la conectó con la brújula de Joseph McCarth desde sus entrañas. Por tal razón, al McCarth mirar al sol de medianoche y perder la razón, aun Ka'y'unah protegiéndose en la oscuridad de la cueva Beneke'h, no fue por la elección de convertirlo en guardián áureo. Se debió a que la prolongada exposición del suspiro inocente (torbellino áureo) de Ka'y'unah dentro del compás culminó una regeneración postergada de esta alma aquella noche. La pulverización pasada del ánima que evitó Kanaát cuando era neonata y la alejó de las luces del sol de medianoche.

Aunque su alma se pulverizó, su forma humana adquirió la apariencia del edihá'h. La piedra de la desgracia conservó gran parte de la esencia primordial de Ka'y'unah hasta un siglo más tarde. La onda expansiva del torbellino áureo del sueño perpetuo existió, seguía vigente, pero inactiva. Todo este tiempo la ráfaga mayor contuvo fragmentos del alma de Ka'y'unah que fueron esparcidas por la brújula de acuerdo a las rutas marítimas de Joseph McCarth.

El propósito de la creación del edihá'h, la intervención del amocáh, la activación de las voces de los ancestros del Archipiélago Alexander, las luces Kaigani y la revelación del asimoh (onda expansiva) guardaban relación entre sí. Estos elementos fueron incorporados a eventos como hilos tejidos metafóricamente a sucesos que, se conectaron en respuesta al llamado involuntario de Ka'y'unah, al tratar de posponer la traición de McCarth a los ancestros del bosque Root.

Kanaát le aseguró a Ka'y'unah que el mo'pa'cáh había activado las voces de los ancestros del Archipiélago Alexander en la última conexión mental lejos de la habitual con Lyosha. Varios detalles le mostraron tanto a Lyosha como a Ka'y'unah las señales que ayudarían en la travesía posterior y que habían ignorado.

—Según padre Kanaát el mo'pa'cáh activó las voces de los ancestros del Archipiélago Alexander, pero, por alguna razón no puedo escucharlos o sentirlos.

—No has pensado que tal vez falta algún elemento por unir.

— ¿Cómo podré saber cuál es la pieza faltante de esta unión?

—Quizás la pieza faltante debe ser invocada en una zona específica durante la aparición de un evento significativo. Tal vez las luces que iluminarán las sombras en donde se oculta Joseph McCarth.

— Tu seguridad da a demostrar que conoces acerca de su paradero.

Lyosha levantó su cuerpo flotante, desvió la mirada hacia un punto distante entre el reencuentro del mo'pa'cáh con el anochecer, y señaló hacia una pared indescifrable del cielo.

—No tuvo piedad con el dolor de un corazón puro. La abandonó cuando le suplicó que se quedara a su lado. Él no conocía que era el amor. Creció bajo la desdicha de una genealogía que siempre persiguió con afán el oro sin importar a quienes sacrificaban. La lucha por desprenderse de una avaricia que fue su única compañera en la soledad ha sido la más dura carga para el capitán.

— ¿A quién abandonó? No vuelvas a alucinar con esta pesadilla, Lyosha. Necesito de tu ayuda para vencer a McCarth.

—No soy tu verdadera ayuda. Ellos sí.

Alzó ambas manos hacia el firmamento.

—Ka'y'unah, tu verdadera ayuda son los ancestros del Archipiélago Alexander.

—Puedo entenderlo, sin embargo, no puedo escuchar ni sentir a los ancestros del Archipiélago Alexander.

— La pieza faltante debe ser invocada en una zona específica durante la aparición de un evento significativo. Las luces que iluminarán las sombras en donde se oculta Joseph McCarth.

—Las luces Kaigani y el sol de medianoche.

—Exacto. Evento que sucederá en cuatro días.

—Desconozco como invocar a los ancestros del Archipiélago Alexander.

—El nombre de los ancestros te trasladará a los rincones que enmarcó el edihá'h junto al mo'pa'cáh en el agua hasta unir las luces Kaigani, y revelar todo lo ocultado en las sombras del Frederick Sound.

XVIII

Joseph McCarth se ocultó en las sombras del Frederick Sound para evadir las luces del día y la noche del sol de medianoche. Próximo evento que en cuatro días determinaría tanto el destino del capitán, como el de Ka'y'unah y los ancestros ckilkat-tlingit del bosque Root. Pocos días para resolver el enigma de ciento nueve años.

Lyosha detectó la preocupación del espíritu de Ka'y'unah. Sin decirle alguna palabra del asunto que la perturbaba, se sorprendió al escuchar el punto de vista de esta dama, y como descifró los pensamientos de su ánima.

—Si McCarth permanece oculto y evade las luces de sol de medianoche podrá proseguir con más fuerza, poder y energía, pero como cazador áureo hasta regresar y regenerarse en las sombras del Frederick Sound.

—Joseph McCarth siempre regresará el Frederick Sound. Viajará por cada ruta o rincón marítimo en Alaska, aunque nunca se alejará. Ahí fue que inició su pasión avariciosa.

—¿Cómo lo sabes?

—Lo vi en las alucinaciones. Más bien en la pesadilla que provocó la mancha del mo'pa'cáh que me ahogó.

Lyosha posó su mano en el pecho y tocó la cicatriz que había dejado el edihá'h cuando fue revivida por Ka'y'unah.

—Por alguna razón se ha continuado la conexión mental después de desconectase nuestros pensamientos por el mo'pa'cáh. Sigo sin entender por qué no puedo transmitirte las imágenes del calvario que vivió Joseph McCarth durante la vida previa antes de conocerte.

—La dificultad de regresarte de la muerte a la vida si es certero. Recuerda que McCarth posee el poder necesario para manipular y engañar a un inocente si se lo propone. Se apoderó de los ancestros del bosque Root y a mí me dejó en el abandono.

—Debería reconsiderar las palabras. Lo que vi en sus reminiscencias fue mucho sufrimiento causado por su propia sangre.

—De lo que me arrepiento es de haberle insistido a mi familia ancestral que lo aceptara como un miembro más. Si no fuera por el sacrificio de mi alma que ideó padre Kanaát junto a los ancestros chilkat-tlingit y del Archipiélago Alexander, hoy no estaría dentro de un cuerpo ajeno tratando de emendar mi error y el de Joseph McCarth.

—Te he dado un consejo para que reconsideres tus palabras. Desearía que hubieras observado las imágenes de las reminiscencias pasadas de McCarth.

— ¿Por qué no me narraste las imágenes de estos recuerdos?

—No hay palabras que describan la tortura constante a la que fue sometida el capitán. Las imágenes de sus recuerdos muestran en detalle lo que su corazón oculta. Por más amor que le hubieras demostrado esa avaricia corre por su sangre. Destruir esta nociva cualidad no es tan sencillo.

—Una nociva cualidad que me arrebató a mi familia ancestral y la esencia que mantenía vivaz tanto a mi alma humana como espiritual.

—Tan siquiera te has puesto a pensar que quizás McCarth ha tratado de deshacerse de la avaricia, pero el poder de esta cualidad negativa es tan inmenso que lo acabó por hundir y atraparlo en redes abstractas de confusión.

—En estos momentos me interesa recuperar a mi familia ancestral y vengarme de Joseph McCarth por el daño a los chilkat-tlingit.

— ¿Eso quiere decir que también cobrarás venganza en ti misma? Has dicho que la culpabilidad de estos sucesos es compartida.

—Ya sabré qué castigo imponerme porque de la sanción no me escaparé como el cobarde de McCarth.

—La venganza le traerá más sufrimiento a tu corazón.

—Un corazón destrozado por las injusticias de quien amó a plenitud.

— ¿De quién amo o ama todavía?

El pecho de Lyosha se comprimió. Eso fue señal de que el espíritu de Ka'y'unah lloró desconsolada al no aceptar sus verdaderos sentimientos hacia Joseph McCarth y la confusión de los eventos posteriores al liberarse del edihá'h.

—Hubiera sido mejor que mi alma yaciera en el sueño eterno dentro del edihá'h por un siglo más.

Lyosha volvió a colocar su mano en la cicatriz del edihá'h.

—Los cobardes son los que huyen cuando no encuentran una solución a los enigmas. La huida es la puerta fácil para escapar de los problemas. No por nada tengo esta cicatriz del edihá'h en el pecho. Si estás dentro de mí y me salvaste de la muerte es por alguna razón. Deja de lamentarte y ayúdame a contribuir en la solución para salvarte a ti y a los ancestros del bosque Root.

El consejo de Lyosha contribuyó a dar el siguiente paso con respecto a la activación del llamado de los ancestros del Archipiélago Alexander. Además del llamado a los ancestros del Archipiélago Alexander y las luces Kaigani que mostraría de las sombras al barco Sackelie y el espíritu de Joseph McCarth, necesitarían del sol de medianoche para continuar con el plan. Ka'y'unah sabía del peligro al que se enfrentaría. Comprendió que en algunos días se reencontraría con el evento que pondría fin al martirio de su espíritu y al suplicio de los ancestros del

bosque Root.

XIX

Con el rastro del mo'pa'cáh, el edihá'h trazó el curso náutico situando a Ka'y'unah y a Lyosha dentro de determinadas condiciones adversas. Reconocieron que con el mo'pa'cáh y el edihá'h encontrarían al barco Sackelie y a Joseph McCarth en el Frederick Sound. No obstante, existía un factor en contra.

El panorama de la búsqueda del barco Sackelie y el capitán Joseph McCarth se complicó con respecto a la lobreguez de la zona marítima del Frederick Sound. El nombre de los ancestros del Archipiélago Alexander le arrojó una pista a Lyosha después de la pesadilla alucinante provocada por el mo'pa'cáh. Según ella, de la procedencia de los ancestros del Archipiélago Alexander, ambas encontrarían en las localidades de dicha área las luces Kaigani. Al fin y al cabo, sabían que con la invocación de estos espíritus y las luces Kaigani, las posibilidades para

McCarth se dificultarían. No tendría a su favor las aguas oscuras del Frederick Sound para esconderse, mientras el sol de medianoche cumpliría con la aparición durante el solsticio de verano y así evitaría los efectos de pulverización. Los poderes de la avaricia aumentarían aún más en las tinieblas. Su espíritu no podía entrar en contacto con las luces del día y la noche del sol de medianoche.

Ka'y'unah y Lyosha desconocían que era exactamente las luces Kaigani. Podían ser estrellas, constelaciones o algún evento astronómico con referente invocación. Luces con máximo poder que los ancestros del Archipiélago Alexander conocían que serían temidas por aquellos que se ocultaban en las aguas oscuras del Frederick Sound. Iluminaciones protegidas por esporádicos episodios relacionados con la sabiduría de la naturaleza climática. Eventualidad que los benévolos marineros apreciaban y que los malévolos navegantes evitaban.

Entre combinación de acciones y fortalezas de natación, Lyosha prosiguió en una ficticia agonía con su cuerpo cansado. Dejó que el ánima fuera dirigida de acuerdo al ánimo de la marea del sur de Alaska, mientras flotaba con el movimiento de las serenas olas, y descansaba durante la silenciosa calma de los pensamientos de Ka'y'unah. La travesía náutica de Ka'y'unah y Lyosha se basó de acuerdo al dictamen de las aguas alaskeñas.

Una densa neblina áurea cubrió el agua hasta arropar el cuerpo de Lyosha. Desde la piel de Lyosha, el espíritu de Ka'y'unah experimentó la frialdad de la brisa. La incertidumbre de qué encontrarían más allá de la neblina alertó a Lyosha.

— ¿Qué está sucediendo? — Lyosha levantó su cuerpo flotante.

—Nos estamos acercando al núcleo de un *williwaw* áureo.

—Nunca has visto un williwaw áureo.

—He presenciado un williwaw, pero nunca de color áureo.

Lyosha volvió a observar dentro del williwaw en búsqueda de una pronta salida.

— ¿Por qué el williwaw ha adquirido un matiz áureo?

—Esto quiere decir que nos adentramos a una costa de descendencia nativa.

Ka'y'unah señaló una capa del williwaw que se escapó entre sus dedos.

— ¿La tierra de los ancestros del Archipiélago Alexander? — expuso Lyosha con esta interrogación debido a la duda que intrigó su curiosidad.

— Tal vez.

El *williwaw* era una especie de neblina que solía aparecer en las islas Aleutianas. Fue adoptada por los ancestros de Alaska para que la humanidad pudiera deleitarse con la belleza de los vientos alasqueños lejos de las descripciones gélidas. En épocas normales, el williwaw aparecía durante temperaturas frías. El avistamiento de esta neblina áurea en temporada del solsticio de verano se debía a una circunstancia distinta.

Se adentraron hacia la profundidad del williwaw áureo. Ante la poca visibilidad, Lyosha dedujo que había tocado una roca, se acercó a la orilla, y escaló dicha piedra enorme hasta llegar a la cima de una isla. Miró hacia el cielo porque vio el reflejo de otra roca mucho más grande. La función del sentido del tacto y sus manos fueron guía hasta que se recostó y cayó de bruces al suelo. No se quejó de los golpes obtenidos. Volteó la espalda. Quedó boca arriba. Cerró los ojos.

Con la caída repentina había atravesado dos puertas rojas deterioradas con el tiempo. Subió unas escaleras de metales que la condujo hasta la parte superior de una recámara acristalada. El salitre de la costa consumió sin piedad cada parte de la estructura enmohecida. Dentro de la recámara acristalada encontró un foco de gran tamaño con un mecanismo giratorio averiado.

Se acercó hacia el interior y abrió la cerradura del cuarto de iluminación. En la base, fragmentos de vidrios se enterraron en la piel de los tobillos de Lyosha. El dolor del roce en esta piel pasó desapercibido por ella. En movimientos desenfrenados removió pedazos de vidrios triturados. Colocándose en cuclillas trajo hacia si una placa metálica que ubicó encima de la rodilla.

—Faro Point Retreat. Lucero del norte de Almirantazgo. ¿El nombre de este faro guarda alguna relación con los ancestros del Archipiélago Alexander?

— Desconozco la procedencia de este nombre.

— Fuimos dirigidas hasta la orilla de este faro por alguna razón.

—El williwaw aparece cerca de un área costera porque la tierra está protegida por este fenómeno natural.

De la placa metálica se desprendió pedazos de óxidos. Lyosha pasó su mano para limpiar la lámina troquelada. De igual forma, no pudo remover los residuos. Al aproximarse a la placa metálica sopló hasta levantar los desechos. La frase: «Faro Point Retreat. Lucero del norte de Almirantazgo» fue sustituido por vocablos en lenguaje nativo.

—Na'goo'ré

— Tierras remotas de los chilkat-tlingit. —culminó Ka'y'unah con la traducción de esta palabra nativa.

Bastó con invocar una sola vez el vocablo Na'goo'ré para que el williwaw entrara por las puertas principales del faro, cubriera la recámara acristalada, y el mecanismo giratorio averiado retomara la función de iluminación.

La luz de Na'goo'ré trazó un trayecto hacia la distancia. Con precaución, Lyosha se asomó por el balcón del faro y gritó hacia el Lynn Canal.

—Al fin ha sido liberada luz Kaigani. Es hora de reunir a los demás fulgores.

Lyosha se abrazó a sí misma.

—Ka'y'unah, las luces Kaigani son faros. La referencia siempre estuvo ahí de frente a nosotras a través de la imagen de Joseph McCarth y el hecho de que se ha ocultado en el Frederick Sound. Por generaciones, los malévolos navegantes les han temido a estas edificaciones náuticas. Con la intermitente iluminación de los faros se les dificultaba a los capitanes la ocultación de sus embarcaciones entre la neblina. Estos navíos no podían atracar en las costas porque el escondite en altamar era revelado por estas luminarias.

El resplandor de la luz Na'goo'ré persistió hasta que Lyosha continuó con la travesía y retomó el nado habitual hacia el trayecto que debía de seguir.

XX

Inhaló tranquilidad dentro del cuerpo de Lyosha.

Expulsó un aire disconforme. Aquello que sintió el espíritu

de Ka'y'unah fue resignación. En parte su alma aceptó la

derrota. Había dado por perdido el anhelo de salvar a los

ancestros del bosque Root y devolver lazos genealógicos

del sur de Alaska.

El resplandor de la luz Na'goo'ré finalizó en la

bahía Takatz. En los alrededores, la existencia de

construcción o el hallazgo de ruinas de algún faro no se

determinó ante el entorno que encontraron Ka'y'unah y

Lyosha. El espíritu de Ka'y'unah se impresionó y el

corazón de Lyosha percibió la conexión.

— ¿Regresamos al hogar de los ancestros chilkat-

tlingit? ¿Acaso es un espejismo del bosque Root?

—Lo dudo, Ka'y'unah. Las descripciones que he escuchado de tu voz espiritual acerca del bosque Root se asemeja con esta zona. Es real. No es un espejismo.

—No se asemeja para nada a un espejismo. Te aseguro que la vegetación de esta región es idéntica al bosque Root.

De pronto, gotas de sudor humedecieron la frente y el rostro de Lyosha. La temperatura de su cuerpo aumentó. Sintió como sus entrañas se quemaban junto a su sangre y venas.

— ¿Esta sensación de estar quemándome por dentro es normal?

— Si. Esa es la sensación que sentí cuando los ancestros chilkat-tlingit me regalaron el don de transformarme en humana y no solamente en espíritu.

— ¿Eso quiere decir que hemos regresado al bosque Root?

—No lo sé.

—Ka'y'unah, no quiero morir. Amo la vida sin importar sus diversos enigmas. No deseo dejar este mundo aún. —tartamudeó débil Lyosha.

—Te lo aseguro. Tú espíritu no peligrará. Permíteme tomar control de tu cuerpo para que los efectos de los dones chilkat-tlingit no te afecten.

Lyosha accedió a la petición de Ka'y'unah.

El cuerpo de Lyosha controlado por Ka'y'unah emanó polvo áureo como si la piel estuviera pulverizándose en cenizas.

— ¡Por favor, no me engañen! Sé que no estoy en mi hogar, el bosque Root. No quiero hacerles daño. Solo les suplico que no lastimen a la dama que ha permitido que invada su cuerpo y mi espíritu sobreviva hasta que se determine mi destino.

Con esta suplica, el tenue torbellino áureo aumentó, y adquirió la forma pasada del remolino que recordaba Ka'y'unah.

El torbellino áureo levantó el espíritu de Ka'y'unah y elevó el cuerpo de Lyosha hacia un territorio cercano a la bahía Takatz. Desde el firmamento, Ka'y'unah contempló una extensión de árboles perennes en un territorio que parecía una extracción de las tierras del bosque Root.

Entre montañas de árboles perennes, el torbellino áureo se detuvo sobre el lago E'deh'kó. Ka'y'unah levitó y luego se sumergió bajo su propia voluntad. Allí debajo se enfrentó a un suceso inesperado que cambió la perspectiva acerca de Joseph McCarth.

XXI

Las profundidades del lago E'deh'kó era la cuna de los senilo'h. Los senilo'h fueron espíritus centinelas que vagaron con algunos pecados y cuentas pendientes de la vida humana sin resolver. Ayudaron a otras ánimas a aceptar el destino como un camino más de aprendizaje. La lección de los centinelas de E'deh'kó estaba basada en inculcar el perdón en otras almas.

En el suelo del lago E'deh'kó, Ka'y'unah encontró una piedra áurea, y la agarró pensando que provenía de las rocas de oro novel de los ancestros del bosque Root. Escuchó el sonido de una pieza delicada al romperse. De la piedra áurea liberó a Ikeé, el centinela de Klondike.

Ikeé se había unido recientemente a los centinelas del lago E'deh'kó. Los ancestros del Archipiélago Alexander salvaron su espíritu de la perdición áurea y la reemplazaron por un don. Estos le otorgaron el don de ver el dolor de un espíritu a través de la historia de sus ojos. La crónica de la vida humana de este espíritu sirvió de enseñanza a Ka'y'unah, además, de un acto que la salvó de hundir la pureza de su alma en un odio desenfrenado.

— ¿Puedes acercar tus ojos hacia los míos?

Colocó su mano en el corazón de Ka'y'unah.

—Veo que has estado luchado entre el amor por el capitán y el bienestar de tu familia ancestral. La incertidumbre no te ha dejado pensar con claridad. La búsqueda de respuestas te ha sumergido en un abismo sin salida. Has tomado la responsabilidad de lo que ha sucedido con los ancestros del bosque Root como si fueras la culpable.

Situó sus manos espirituales en puntos de referencias importantes del cuerpo de Lyosha conectados al ánima de Ka'y'unah. La mano derecha encima del trazo izquierdo de la enredadera perenne en el rostro. Así, entrelazó la mano izquierda y la detuvo sobre el corazón.

—Huellas similares a sus pecados están creciendo en tu generoso corazón. Si no detengo ahora el incremento de esta esencia dañina terminarás como el capitán.

Ikeé atrapó a Ka'y'unah en una pared de agua marítima. Vio la cicatriz dejada por el edihá'h en el pecho de Lyosha. Sopló hacia esta marca en la piel. Del soplido formó burbujas áureas que se introdujeron en la herida.

—*Amocáh aleja mo'pa'cáh.* No soy centinela sin su invocación. El pecado mayor de este espíritu fue la avaricia por el oro de Klondike. A muchos seres queridos lastimé. Ustedes fueron mis salvadores. Les ruego por ayuda. El ánima nativa de la hija chilkat-tlingit peligra y la dama que comparte su alma con ella corre el riesgo de desaparecer por siempre de la humanidad.

Las burbujas áureas extrajeron el torbellino de la cicatriz del pecho de Lyosha.

—*Amocáh invoca a asimoh.*

El torbellino áureo incrementó en la onda expansiva del asimoh y cubrió el cuerpo de Lyosha.

—Permite que tus pensamientos espirituales se conecten con la mente de Lyosha. Lo que verás determinará el futuro de qué sucederá más adelante con el capitán.

XXII

Corrió por el tablado desconsolada. Apenas era una niña cuando él le abandonó. Dependía del capitán para subsistir. Lo admiró con devoción. Esperó durante días por su regreso, sin embargo, nunca volvió.

— ¡No me abandones, Old Horizon! —se desmayó ante la insolación.

La relación de Joseph McCarth con esta niña era incierta. Ka'y'unah trató de alcanzar a la infanta, acariciar su cabello y consolarla. Aquella imagen fugaz se disipó junto al polvo de las cenizas del asimoh.

El corazón espiritual de Ka'y'unah se detuvo. Una mancha oscura se unió al asimoh. Extractos del mo'pa'cáh habían invadido su corazón. El odio estaba aumentando en ella con el deseo de tomar venganza por su familia ancestral. Otra imagen fue revelada mientras el agua del lago E'deh'kó se iluminó.

En dicha reminiscencia, un niño de seis años con ojos grises corrió hacia la popa. Entró hacia el camarote principal del capitán.

— ¡Papá! ¡Mamá! He conseguido pescar un *sockeye*.

El niño fue rechazado por sus padres. Ambos parientes lo ignoraron mientras contemplaban encima de una mesa rústica rocas áureas del Mar Bering.

—He conseguido pescar un *sockeye*. —volvió a repetir el niño con alegría.

Su madre agarró el salmón y junto al pez arrojó al niño sobre un barril de ron provocándole una herida en la cabeza. La magnitud de la herida manchó el cabello blanco del niño con abundante sangre.

—Espero que hayas aprendido la lección de no interrumpir cuando no se ha solicitado tu presencia. Si encuentras un objeto valioso como esta piedra de oro debes avisarle a tu padre.

Desde este aparente patrón de maltrato, el niño creció con odio hacia su padre y madre. Cada vez que encontraba una piedra de oro, él escondía estas rocas áureas transformando el odio por avaricia. Los padres de un niño ya hecho casi un joven-adulto se ahogaron en las aguas oscuras del Frederick Sound. Él trató de salvarlos en vano, pero su corazón se endureció. Prefirieron el oro por encima del amor de su hijo mayor. La codicia acabó con ellos. No era culpable de haber heredado una actitud de la que no se podía deshacer.

Con firmeza, encima de un peñasco centrado en medio del lago E'deh'kó, el cuerpo de Lyosha se liberó del mo'pa'cáh mediante la fluorescencia espiritual. La limpieza de sentimientos dañinos en espíritus nativos que eran influenciados por sensaciones aflictivas.

— ¡No me abandones, Old Horizon!

Tembló. Sus piernas flanquearon. Se arrodilló contemplando el horizonte. Igual a la imagen de la niña en las reminiscencias del capitán que se adquirieron mediante los residuos del mo'pa'cáh.

— La cuenta regresiva para la prueba final ha iniciado. Ikeé y los ancestros del Archipiélago Alexander han terminado su misión de salvación por hoy.

Antes de desaparecer, el espíritu de Ikeé le manifestó un acertijo.

—El propósito del edihá'h, la intervención del amocáh, la activación de las voces del Archipiélago Alexander y la revelación del asimoh guardan relación con las luces Kaigani. Debes continuar con la búsqueda y tejer los acontecimientos previos. Ahí los ancestros del Archipiélago Alexander responderán a la petición de tu llamado. El sacrificio irrevocable no será en vano.

El williwaw del faro Point Retreat volvió a reaparecer. Lyosha y Ka'y'unah siguieron la luz de Na'goo'ré hasta Rockwell en Sitka.

XXIII

El torbellino áureo adquirió vitalidad luego de que la fluorescencia espiritual del lago E'deh'kó liberara el corazón del ánima de Ka'y'unah del mo'pa'cáh. Adelfillas púrpuras engalanaron el recorrido de árboles perennes cubriendo la extensión geográfica de Rockwell. Las *fireweeds* estaban en la temporada de florecimiento denominada por los nativos del área como: «renacimiento del arcángel de los vientos sureños». Taigas de miles de flores que parecían representar las almas dormidas de cada alaskeño y alaskeña que alguna vez amó la tierra que vio nacer al sol desde el círculo ártico y levantarse de las tinieblas. El sol de medianoche que Ka'y'unah admiró y nunca contempló de cerca.

En medio de este entorno, construido en madera rústica blanca, rodeado por la leve neblina del williwaw y la iluminación de la luz Na'goo'ré, Ka'y'unah apreció el faro Rockwell. Mientras se acercó al faro Rockwell extendió las manos de Lyosha para acariciar las adelfillas púrpuras. La sensación de rozar los dedos en los pétalos revivió por un instante los recuerdos de una niña que adoró recorrer por el bosque Root, recolectar coronas de piñas, peinar su cabello con ramas de pinos y conversar con los espíritus chilkat-tlingit, aunque solo la escuchaban sin reclamo alguno.

Ka'y'unah colocó su mano sobre el pecho de Lyosha. Frotó la cicatriz que había dejado el edihá'h. Invocó el espíritu de la dama que consideraba una fiel acompañante.

—A pesar de que no estamos a salvo, te agradezco por confiar en mí. Deseo que vuelvas a retomar el lugar que te corresponde dentro de tu cuerpo. Cuando abras los ojos, abraza con la mirada lo que aquí veas como si fuera el último día de vida.

El ánima de Lyosha regresó, abrió los ojos, y divisó anonadada el jardín de las adelfillas púrpuras.

—El tiempo es tan corto que a veces los humanos olvidamos que la magnificencia de los recuerdos no se basa en la cantidad de materia que obtenemos a cambio de valores áureos. La avaricia es tan dañina que, aquel que la padece o la sufre ya no tiene salvación de sí mismo.

Este pensamiento de Lyosha fue una lección que aprendió gracias a dos hechos importantes que presenció: la ineficaz recolección de oro en Klondike y la autodestrucción del espíritu de un capitán por una ambición hereditaria.

—Hubiera deseado que los parientes de Joseph pensaran igual y así evitar el rechazo que provocó el descontrol de la codicia en él. Ahora el problema lastimó a inocentes. Sabía que él había sido feliz aquel día que logró pescar un *sockeye*.

— ¿Pudiste ver las reminiscencias del capitán que observé en la pesadilla interminable?

—Si. —respondió Ka'y'unah en sereno aplomo.

—El capitán sufrió mucho desde la niñez. —agregó Lyosha.

—También la niña que le gritó desde el tablado que no la abandonara. Tan pequeña dependiendo de un hombre que conoció el rechazo de sus parientes por avaricia.

La luz de Na'goo'ré y el williwaw se densificaron en una zona cercana del jardín de adelfillas púrpuras. Lyosha y Ka'y'unah accedieron y encontraron *fireweeds* del tamaño de árboles perennes en tonalidad plateada. Siguieron una senda estrecha formada por estas flores herbáceas.

Una potente brisa alzó las adelfillas plateadas despegándolas de las raíces. Este proceso fue parecido al ciclo de los dientes de león cuando se alejan según el desplazamiento del viento.

—Si no detenemos esta brisa no puede ir peor. —declaró Lyosha al inclinar su cabeza para cubrirla con los brazos de las violentas ráfagas.

—Debemos inclinarnos hacia estas violentas ráfagas. —sugirió Ka'y'unah.

— Ni en broma. Estas violentas ráfagas pueden lastimarnos. No ves que el tamaño de las adelfillas plateadas es similar a la altura de los pinos.

Ka'y'unah obligó a Lyosha a inclinarse hacia las violentas ráfagas.

—Arcángel de los vientos sureños no inclinamos hacia ti.

Las violentas ráfagas no se detuvieron.

—*Shectiká'h tlingit Sitka*. La hija de Kanaát te suplica que frenes tu furia.

La luz Na'goo'ré del faro Point Retreat pulverizó las adelfillas plateadas. Lloviznas de cenizas se introdujeron dentro del faro Rockwell. El polvo sobrante se anexó al torbellino áureo de Ka'y'unah expulsado por el cuerpo de Lyosha. Desde la cúpula del faro rústico, la luz de Na'goo'ré respondió al llamado de Shectiká'h e iluminó nuevamente hacia el horizonte. La neblina y el williwaw penetraron la tierra y los espacios de las adelfillas plateadas removidas por el viento. Allí renacieron capullos de estas herbáceas perennes que brotaron sin la necesidad de sembrar semillas.

—Te perseguiremos luz Kaigani. Guíanos a la ubicación exacta. —expresaron Ka'y'unah y Lyosha al retornar por el previo trayecto marcado por la luz Na'goo'ré

XXIV

Lloviznas áureas y plateadas cubrieron el cielo sureño desde el faro Rockwell en Sitka. Ka'y'unah y Lyosha regresaron en el interior de un torbellino distinto y potente. Sobrevolaron el lago E'deh'kó. El espíritu del centinela Ikeé estaba meditando en el centro del peñasco en donde liberó el corazón del Ka'y'unah de los residuos del mo'pa'cáh. Ambas se detuvieron. Ka'y'unah tomó la mano espiritual del alma centinela de Klondike.

—Gracias por liberarme de las ataduras.

— Falta poco para que enfrentes al capitán. En ti está la determinación de salvarlo o …

Ikeé no culminó la frase para que no sonara dolorosa ante Ka'y'unah.

— Destruirlo. A eso te referías.

No le respondió a Ka'y'unah. En su lugar, acarició el rostro de Lyosha y la abrazó en agradecimiento.

—Pase lo que pase, la vida y los ancestros te retribuirán haber permitido que el espíritu de Ka'y'unah ocupara tu cuerpo.

Lyosha respondió con gesto de gratitud inclinado la cabeza hacia adelante y cerrando los ojos. Ikeé soltó las manos de Lyosha y se despidió tanto de ella como de Ka'y'unah.

—En cuanto a tu pregunta, Ka'y'unah. El destino no está escrito. Es importante que tengas en cuenta que debes tejer los acontecimientos previos que son un escudo a lo que te enfrentarás. Desde las lejanías puedo sentir la inmensa fuerza del capitán.

— ¿Tejer acontecimientos previos?

—Este es el mensaje proveniente de los ancestros del Archipiélago Alexander para ti. No puedo revelarte más.

— ¿McCarth está cerca?

—El espíritu de un avaricioso retirado posee ciertos talentos para vaticinar la presencia de un ambicioso descontrolado.

La conversación entre Ka'y'unah y Ikeé culminó con esta breve revelación de su identidad. Con la mano derecha abierta, Ikeé se despidió en un adiós de Ka'y'unah y Lyosha, y desapareció exclamando la revelación de una frase extrañísima.

— ¡Será hasta la próxima!

XXV

Continuaron el viaje de retorno por la bahía Takatz hasta la isla Almirantazgo. Las luces Na'goo'ré y Shectiká'h regresaron a Ka'y'unah y a Lyosha a la isla donde revelaron la primera luz Kaigani. Ambas luces se inclinaron en el horizonte hacia el sur, lejos del norte del faro Point Retreat.

— ¿Esta es la isla en donde revelamos el Lucero del norte de Almirantazgo? —preguntó incrédula Lyosha.

—Sí, pero nos dirigimos hacia el sur.

—No lo puedo creer.

Lyosha refunfuñó al igual que una niña malcriada.

— ¿Qué necesidad tenían los ancestros del Archipiélago Alexander de enviarnos desde el norte de Almirantazgo hasta Sitka y luego regresar al sur de la misma isla?

— No entiendo el propósito de los ancestros del Archipiélago Alexander. Estos espíritus sabrán porque trazaron por medio de las luces Kaigani un camino complejo, en lugar de viajar primero el norte y el sur de esta isla.

— ¿Complejo? Ellos no saben lo que es el cansancio humano. Están tentando mi paciencia. Ahora mismo quisiera tenerlos de frente y reclamarle por este descaro ancestral.

— ¿Puedes controlarte, Lyosha? No quiero tentar la furia de los ancestros del Archipiélago Alexander.

—Me importa un comino la furia de los ancestros del Archipiélago Alexander. Acaso tus ancestros y estos espíritus pensaron en mí cuando te apoderaste de mi cuerpo.

—No me dejas más remedio que…

—Dilo. De apodérate de mi cuerpo. Ya lo has hecho antes y no te ha importado hacerme a un lado.

—No es cierto.

—Descarada y mentirosa. Eres la culpable de que el capitán se apoderara de las piedras de oro novel, de las ánimas de los ancestros chilkat-tlingit y destruyera el bosque Root.

— ¿Qué te sucede? Tú no eres así ¿Por qué el ataque de ira hacia mí?

Lyosha tosió. Se había atragantado. De su garganta expulsó residuos de polvo plateado.

—Necesitas tomar agua salada.

Ka'y'unah persiguió las luces Na'goo'ré y Shectiká'h porque sabía que cerca de la costa del próximo faro encontraría agua salada para Lyosha.

El efecto de los residuos del polvo plateado expulsado por la garganta de Lyosha no causó daños al espíritu de Ka'y'unah. La salud de Lyosha se complicó y Ka'y'unah tuvo que detenerse en tierra firme.

Pybus Point era un lugar que estaba rodeado de glaciares con acceso limitado a agua salada. Ka'y'unah se desesperó porque Lyosha se estaba quedando sin respiración. El rostro y la garganta de Lyosha se habían hinchado. Ella ya no podía hablar con facilidad.

—Ancestros no abandonen a Lyosha. No sé qué hacer para ayudarla.

De pronto, en las cercanías, un glaciar se desprendió del conjunto de paredes de otros glaciares. A Ka'y'unah se le ocurrió una idea descabellada.

Con Lyosha débil, controló el cuerpo de ella y escaló los glaciares de Pybus Point. Ya en la cima colocó una mano en el tope del glacial y subió la otra sobrante hacia las luces Na'goo'ré y Shectiká'h.

— *Na'goo'ré tlingit Shectiká'h.* De los chilkat invoco el calor de sus destellos.

La invocación funcionó. El calor de las luces Na'goo'ré y Shectiká'h derritió los glaciares de Pybus Point creando una corriente marítima novel.

Ka'y'unah se sumergió con Lyosha. Sintió el cuerpo pesado y salió a la superficie. Nadó hasta la orilla más cercana. Con las manos de Lyosha golpeó el pecho de ella.

—Respira. Expulsa los residuos del polvo plateado.

Lyosha respondió al llamado de Ka'y'unah. Tosió con vigorosidad. Vomitó con fortaleza. El agua salada que había ingerido expulsó de sus pulmones remanentes diminutos de pétalos de una adelfilla plateada que se había tragado sin saberlo.

— ¿No eres alérgica al polvo plateado?

Lyosha sonrió a la pregunta de Ka'y'unah.

—Deberías preguntar si soy resistente a los pétalos de la adelfilla plateada.

El sonido de la risa de Ka'y'unah se escuchó en el interior del cuerpo de Lyosha.

—Te estas burlando por haberme comido una flor. —bromeó con Ka'y'unah ante el asunto.

—Para nada.

—Entonces, ¿qué te causa tanta risa?

—Tuve que invocar los destellos de las luces Na'goo'ré y Shectiká'h para obtener agua salada y salvarte. No detuve la petición. Los glaciares se derritieron e inundaron Pybus Point. He creado una corriente marítima novel.

Lyosha miró a su alrededor anonadada.

—Los ancestros del Archipiélago Alexander se pondrán histéricos. —se colocó una mano en la boca para cubrir la risa por el descuido de Ka'y'unah.

—Por lo menos el agua salada te salvó. Sus propiedades antibióticas y desintoxicantes restauraron tu salud.

—Muy mal sabor que dejó en mi boca. Sin embargo, tuviste que inundar a Pybus Point para salvarme. ¿Los ancestros del Archipiélago Alexander te castigarán por la inundación de Pybus Point?

—Jamás. No hay de qué preocuparse. Los ancestros del Archipiélago Alexander son como los del bosque Root. La mayoría de las leyes ancestrales de los nativos se basan en el perdón y la oportunidad de rectificar los daños ocasionados. Además, con el tiempo este lugar puede convertirse en un hábitat marítimo como en la mayoría de las regiones de Alaska.

Una pregunta por parte de Lyosha cambió el panorama.

—Has dicho que las leyes ancestrales de los nativos se basan en el perdón y la oportunidad de rectificar los daños ocasionados. ¿En tu corazón has perdonado a Joseph McCarth por el daño ocasionado al bosque Root y a los ancestros chilkat-tlingit? ¿Estás dispuesta a salvarlo sobre cualquier circunstancia? ¿Estarías preparada para dar tu vida por la de él si fuera necesario?

Ka'y'unah evadió las preguntas sensatas de Lyosha. Las mismas preguntas que se había hecho a sí misma en el pasado.

—Creo que el agua salada le hizo daño a tu cerebro.

—Contéstame. No evadas las preguntas.

—Prefiero reservarme mi propio juicio. — respondió de forma tajante ante la insistencia de Lyosha.

Ka'y'unah y Lyosha miraron al firmamento. El sol no se había ocultado en el horizonte. Las luces de Na'goo'ré y Shectiká'h iluminaron una isla cercana a Pybus Point.

XXVI

Nadaron desde la orilla de Pybus Point hasta la isla cercana iluminada por las luces de Na'goo'ré y Shectiká'h. El sol seguía en el mismo estado sin ocultarse en el horizonte.

— ¿No es hora del atardecer?

—De acuerdo al punto que estamos ubicada ya han pasado cuatro días.

—Eso quiere decir que el sol de medianoche se aproxima.

—Exacto.

— ¿Cómo nos ocultaremos de los efectos del sol de medianoche?

—No lo sé.

—Ka'y'unah, debemos buscar una rápida solución. Ocultas del sol de medianoche no podemos detener a Joseph McCarth.

—Lo sé. Espero que las luces de Na'goo'ré y Shectiká'h nos muestre como frenar a McCarth.

—Ten en cuenta otra solución por si la ayuda de las luces de Na'goo'ré y Shectiká'h no funciona.

Al igual que en la costa del faro Point Retreat, Lyosha tuvo que escalar las piedras de la isla. Lo que atrajo su atención fue la falta de eventos sobrenaturales como el williwaw y las adelfillas plateadas. Al menos eso pensó ella.

El faro de la isla cercana a Pybus Point estaba divido en dos pisos construido en figuras geométricas tridimensionales. La forma del primer piso era en cubo. El segundo nivel en donde se ubicaba la torre, de una estructura en prisma rectangular. Puertas abiertas en acero sin oxidar —a pesar del salitre de la costa— condujeron a Ka'y'unah y a Lyosha a la última luz Kaigani.

La mayoría de los cristales de la cúpula de la torre estaban rotos y los sobrantes quebrantados a punto de desprenderse de la base. De allí, una veleta cayó y golpeó a Lyosha en los dedos de ambas manos. No pudo contener el grito de dolor. Se escuchó un eco.

— ¿Hay alguien más además de nosotras dentro de este faro?

—No lo escucho, Lyosha.

Volvió a gritar para que Ka'y'unah lo escuchara.

—Si escucho el eco del grito, aunque proveniente de otra voz.

La veleta se movió sola en el suelo. El señalador que indicaba la dirección del viento estaba averiado. Una cruz horizontal que apuntaba hacia los puntos cardinales siguió intacta. Lyosha alcanzó este dispositivo giratorio. Sus manos temblaron con la vibración del objeto como si un sonido tratara de liberarse. Las luces de Na'goo'ré y Shectiká'h elevaron la veleta posicionándola en el lugar de origen en el techo del faro. Una placa de la veleta que rotaba libremente quedó varada en la habitación de iluminación.

Ka'y'unah y Lyosha repitieron la palabra troquelada en la placa.

— Faro Five Finger— giraron la placa metálica en búsqueda de la palabra tlingit clave. —*K'eex'i*.

El espíritu de un hombre nativo cruzó despavorido por una de las paredes del faro. Su ánima se detuvo en la zona poblada por algunos pinos. Se paró en la orilla y miró hacia el agua.

—He perdido algunos de mis dedos.

Ka'y'unah y Lyosha en movimientos sincronizados bajaron de la torre del faro para ayudar a esta alma en pena.

— ¿Qué ha perdido pobre alma nativa?

—He perdido dos meñiques, el dedo corazón de la mano derecha y el pulgar de la izquierda. Así no puedo tejer.

— ¿Usted ha dicho tejer?

—Si. Soy el tejedor nativo de las luces Kaigani. La conexión directa con los ancestros del Archipiélago Alexander. Una vez Kanaát me dijo que no acercara mi mano espiritual para tocar a una estrella mayor que Polaris porque su frialdad congelaría mis dedos.

— ¿Usted conoció a mi padre espiritual?

—Aquí todos los espíritus nativos de Alaska conocen las ánimas de cada región que componen el amocáh.

Wells Beaver volvió a mirar hacia el agua.

— ¿Sus dedos perdidos están debajo del agua?

—No lo sé. Creo que sí.

— ¿Cómo encontraremos sus dedos si es un espíritu? —se unió Lyosha a la conversación en una reflexiva interrogante.

—Mi alma siempre ha estado resguardada en la veleta del faro cuando no se me invoca. Tal vez este instrumento les de alguna señal.

El viento resacó la veleta. Las ráfagas indicaron la dirección hacia sotavento y barlovento a la vez. Con la suerte tal vez encontrarían los dedos perdidos de Wells Beaver. Ka'y'unah y Lyosha se lanzaron al agua. Se sumergieron hasta lo más profundo. Pasaron de un lado hacia el otro por debajo de la isla del faro Five Finger. Repitieron la acción dos veces más. En la cuarta revisión vieron unas ágatas blancuzcas. Cuando sujetaron las ágatas blancuzcas se percataron que confundieron los dedos congelados del tejedor con dichas rocas habituales de las costas de Alaska.

Ya en la superficie le devolvieron los dedos a Wells Beaver. El tejedor repitió la palabra *K'eex'i* que significaba dedos en tlingit. Sus dedos retornaron a las respectivas áreas de cada mano espiritual.

—Todo fue tan fácil. No hubo complicaciones ni acontecimientos sobrenaturales que se interpusieran en la búsqueda de los dedos del tejedor. —dijo Lyosha sin estrés.

—La batalla final comenzará pronto.

Wells Beaver alzó las manos y la mirada hacia el firmamento.

XXVII

— *Na'goo'ré Shectiká'h K'eex'i tlingit Alaska chilkat Amocáh.*

El espíritu de Wells Beaver entró en trance. Extendió los brazos para moverlos en giros circulatorios. Los dedos rescatados por Ka'y'unah y Lyosha se desprendieron de ambas manos. Cada pieza de esta complexión fue lanzada por el tejedor hacia el cielo. Dos meñiques, el dedo corazón de la mano derecha y el pulgar de la izquierda abrieron un hueco en el firmamento.

—Vean por ustedes lo maravilloso y lo oculto del círculo polar.

— *Na'goo'ré Shectiká'h K'eex'i tlingit Alaska chilkat Amocáh.* —volvió a repetir el tejedor.

Dentro del hueco, un orificio nocturno sobresalió. Una mancha de los anocheceres habituales. Aunque alrededor sobresalía el atardecer, por este espacio cualquier espíritu nativo podía acceder, y ver el universo desde el círculo polar sin la necesidad de esperar la temporada correspondiente de las auroras boreales. En pocas palabras, lo nativos tenían control de los fenómenos naturales de Alaska y la invocación fuera de las etapas estacionales a las que pertenecían.

Los dedos que se deprendieron de las manos de Wells Beaver trazaron movimientos inciertos a través de líneas imaginarias. Después las líneas imaginarias se unieron a estrellas que revelaron el mapa de Alaska.

— *Na'goo'ré Shectiká'h K'eex'i tlingit Alaska chilkat Amocáh* —reiteró una última vez Wells Beaver.

Ciertas estrellas se posicionaron en el mapa de Alaska trazado en el firmamento. El leve brillo de estos luceros no era visible por la irradiación del atardecer que provenía del exterior del orificio nocturno.

— *Na'goo'ré Shectiká'h K'eex'i tlingit Alaska chilkat Amocáh. Ursa Majore tlingit Minore chilkat Polaris* —utilizó la misma frase y añadió otros vocablos nativos.

Los dedos del tejedor presionaron las estrellas del mapa de Alaska dando paso a la revelación de las constelaciones Osa Mayor y Menor. La estrella Polaris estaba inclinada hacia arriba de la línea de la Osa Menor en distancia semejante de Dubhe en la Osa Mayor.

—— *Na'goo'ré Shectiká'h K'eex'i tlingit Alaska chilkat Amocáh. Ursa Majore tlingit Minore chilkat Polaris ve Anira'h.*

Wells Beaver movió los dedos y unió las estrellas de las constelaciones junto a Polaris en un astro superior. El astro superior trazó el triángulo del amocáh en los puntos exactos del hallazgo de las luces Kaigani (faros).

—Ancestros del Archipiélago Alexander invoco a la estrella Anira'h.

Sujetó las manos de Lyosha. Se arrodilló junto a ella en el césped del faro Five Finger. Auroras boreales rodearon el atardecer y el hueco nocturno.

—Anira'h ya los ancestros del Archipiélago Alexander respondieron al amocáh junto a los espíritus de cada región de Alaska.

Tocó la cicatriz del edihá'h en el pecho de Lyosha.

—Esta dama ha sacrificado su propia esencia para ayudar a la hija de Kanaát y a los ancestros del bosque Root. Te imploro que cuides de Ka'y'unah en esta batalla final con el capitán. Necesito que despejes el círculo polar para que la claridad del sol de medianoche alumbre las corrientes marítimas del Frederick Sound.

La cruz horizontal de la veleta del faro Five Finger apuntó hacia el sur de la isla. Frederick Sound estaba cerca. El sol de medianoche permaneció en el atardecer. Mientras, la estrella Anira'h se desprendió del orificio nocturno, y entró a las profundidades del escondite permanente del

capitán Joseph McCarth.

XXVIII

Prosiguieron hacia el fondo de Frederick Sound seguido de la sumersión de la estrella Anira'h. Este astro traspasó la madera del barco Sackelie. Subió la embarcación a la superficie. Ka'y'unah y Lyosha emergieron agarradas del ancla.

La estrella Anira'h posicionó el buque Sackelie dentro del triángulo del amocáh. El navío quedó expuesto a la luz del día del sol de medianoche. Entre la poca sombra del solsticio de verano, Lyosha ascendió hacia el interior de la recámara principal con el corazón acelerado por los sentimientos de incertidumbre del espíritu de Ka'y'unah.

—Recuerda que tu verdadera esencia radica en el don de la creencia del perdón. No olvides lo que te inculcaron los ancestros chilkat-tlingit del bosque Root.

No había señal del ánima del capitán Joseph McCarth.

En la recámara principal aún estaba el armario con las botellas del whiskey Halikáh. Joseph McCarth colocó el compás como cerradura permanente.

—Ya conoce a lo que se enfrentará. Se aseguró de colocar la brújula para no perder el rastro de las botellas del whiskey Halikáh y el oro de los ancestros del bosque Root. Está consciente de que el Sackelie tal vez se hundirá. Huyó como siempre.

La voz de Ka'y'unah se escuchó restaurada al describir el comportamiento de inseguridad de McCarth.

—Sé que me estás escuchando. No he venido a reclamarte por lo que has hecho. Solo quiero que liberes a mi familia ancestral, el oro del bosque Root, y las almas de aquellas personas de las que te apoderaste. Si vas a ajustar asuntos del pasado prefiero que sea entre ambos para llegar a un acuerdo.

— ¿Qué estás haciendo?

Entre la interrogante y el desconcierto, Lyosha no entendió porque Ka'y'unah estaba tratando de llegar a un acuerdo con el capitán.

—Ya verás cómo él sale de su escondite.

Cruzó las manos de Lyosha. Colocó cada dedo, uno encima del otro. Formó la figura de un águila con las manos. Aferró las manos cerradas en la brújula de Joseph McCarth. Agachó la cabeza e invocó a la conmoción que le acompañó a su espíritu.

—Para mi pueblo nativo el águila de mis manos significa libertad. Los chilkat-tlingit me dieron la autonomía de vivir a plenitud ya fuera como humana o espíritu. Hoy voy a rectificar el enigma provocado por mi descuido. —pausó y luego añadió un breve dialecto a estas palabras de sinceras disculpas: —*Amocáh tlingit Root chilkat hérebil an'cen'te'roh.*

De los ojos de Lyosha, Ka'y'unah expulsó lágrimas áureas. Las lágrimas áureas desprendieron el compás de

Joseph McCarth que obstruyó la puerta del armario como cerradura permanente.

Ka'y'unah y Lyosha agarraron las botellas del wiskey Halikáh. Al desprender el corcho de uno de estos frascos escucharon las voces de otras almas clamando por ayuda. El eco de estos gritos no provenía de los ancestros del bosque Root, sino de las ánimas de los mineros de la mina Kennecott. Esto trabajadores habían regresado a las aguas de Port Chilkoot para apropiarse del oro de la mina Bonanza cuando el tren Aurora se estrelló. El capitán los atrapó en el acto apoderándose de sus espíritus.

Ambas rompieron estos envases vidriados encima de un trozo de madera grueso que componía parte de la construcción del barco Sackelie. Lyosha liberó a los espíritus de los mineros de Kennecott. Ka'y'unah cogió el oro del bosque Root que contenía la esencia de los ancestros chilkat-tlingit y lanzó las piedras áureas hacia las corrientes del Frederick Sound.

—Anira'h dirige a las almas perdidas de los mineros de Kennecott y a los ancestros chilkat-tlingit hacia la orilla de la isla del faro Five Finger. Wells Beaver y los ancestros del Archipiélago Alexander sabrán cómo retornar esas ánimas a su lugar de origen.

En un conjunto de palabras finales se despidió de Anira'h.

—Protege al bosque Root y a los ancestros chilkat-tlingit. Me encargaré del capitán.

XXIX

— ¡Anda! ¡Apresúrate! Te he arrebatado parte del poder. Nunca te he temido. Avaricia que vives dentro del espíritu del capitán Joseph McCarth y del cuerpo de una víctima poseída por los placeres áureos, invoco toda la furia que puedas mostrarle a la hija de los chilkat-tlingit.

El espíritu furioso de Joseph McCarth apareció ante Ka'y'unah. Sujetó en el aire a Lyosha por el cuello hasta casi estrangularla. Lanzó a ambas mujeres desde la popa hasta la proa.

Tendida en el suelo, Ka'y'unah sintió el dolor humano de los golpes que recibió de parte de la avaricia del capitán, pero no era su espíritu que reaccionó sino el de Lyosha.

— ¡Sus golpes me lastiman! ¡Dile que se detenga! ¡No aguanto más, Ka'y'unah! ¡Creo que moriré! —enrolló su cuerpo en posición fetal.

En lugar de defenderse y golpearlo, Ka'y'unah le suplicó que se detuviera en vano. Joseph McCarth la siguió maltratando y Lyosha estaba sufriendo por la constante tortura.

— ¡Basta ya, Old Horizon!

No se detuvo.

—¡No me abandones, Old Horizon!

Ka'y'unah fingió que Lyosha se había desmayado. Al ver esta escena, Joseph McCarth se detuvo con lágrimas en sus ojos. Esta acción lo hizo recordar imágenes del pasado. Una reminiscencia específica que lo torturó por años.

El capitán sintió que su mano fue agarrada. Ka'y'unah colocó la mano de Joseph McCarth encima de la cicatriz dejada por el edihá'h en el pecho de Lyosha.

— ¡No temas! ¡No he venido a hacerte daño! ¡Deseo ayudarte con esta carga que corre por tu sangre desde niño!

Ka'y'unah cerró los ojos.

— Deja que tu espíritu se encuentre con mi ánima dentro del corazón de Lyosha. Debes reparar un lazo importante que se quebrantó. Descuida que te protegeré.

XXX

Agarrado del timón del Old Horizon, Joseph McCarth vio a la niña desmayarse en el tablado. En este sueño pudo lanzarse a la bahía Tahane desde la popa y socorrerla como hubiera querido en la realidad de los hechos.

Tomó a la niña en sus manos y la acurrucó.

— ¡Perdóname, Hermana! Preferí la avaricia antes de cuidar de ti. Te abandoné a tu suerte.

La niña desapareció de los brazos de McCarth.

— ¿Qué ha sucedido con ella?

—Espera —respondió la voz del espíritu de Ka'y'unah.

Ante él apareció el espectro de una mujer entrada en edad. Dicha dama vestía un traje victoriano celeste. Ella se acercó a él. Le acarició el rostro. El capitán la miró con extrañeza hasta que reconoció aquellos ojos grises que eran idénticos a los de él.

— ¿Por qué te has hecho tanto daño con esta avaricia, Old Horizon?

—No entiendo desde cuando se fortaleció esta avaricia. Perdóname por abandonarte.

—No hay nada que perdonarte, hermano.

Joseph McCarth pegó su frente a la de la dama. No pudo controlar el llanto.

—La vida me dio una segunda oportunidad. Traicioné la confianza de una grandiosa familia y a la mujer que amo por esta avaricia dañina.

La dama acarició su rostro en el lado derecho.

—Solo te pido que repares el daño causado a esta familia y a la mujer que amas. Encontrarás una solución viable para lo que has provocado.

Poco a poco la hermana de Joseph McCarth se fue alejando no sin antes tratar un asunto importante.

—Necesito que le devuelvas el cuerpo a mi bisnieto Evined Acalas. Espero que ese muchacho descarriado haya aprendido la lección al igual que tú. Si no es así, no te hubiera vuelto a ver.

Aveleine Acalas-McCarth se despidió del capitán después de esta revelación impactante. Mientras más se alejaba, su imagen se volvió borrosa. Dentro del corazón de Lyosha, Ka'y'unah logró revivir el recuerdo que torturó por años a Joseph McCarth.

XXXI

El rostro de Joseph McCarth había cambiado. Ka'y'unah observó el trazo inverso de una enredadera perenne en el lado derecho de la cara del capitán. Algunas hojas de la enredadera perenne poseían tonos áureos. Otras partes mantuvieron la tonalidad verde.

—Una porción de tu espíritu se ha regenerado.

McCarth permaneció en silencio sin reacción a lo revelado por Ka'y'unah.

Cuando Ka'y'unah soltó su mano, Joseph la agarró por un brazo, y volteó el cuerpo de Lyosha para abrazar el espíritu de su amada con las complexiones de Evined Acalas.

—Perdóname. ¿Cómo puedo reparar el daño a los ancestros del bosque Root y devolverle el cuerpo a Evined Acalas?

Ka'y'unah quiso hacerle una prueba de confianza al espíritu del capitán.

—Podemos vivir dentro de estos cuerpos. Retomaremos los años perdidos.

—No quiero hacerle más daño a mi familia.

Volvió a abrazar a Ka'y'unah con fuerza.

—Iré hacia donde vayas. No dejaré que te marches sin mí.

Ka'y'unah y Joseph posicionaron sus espíritus frente al solsticio de verano. Sabían que esta determinación acabaría con su existencia espiritual en el mundo de los humanos. Ambos sintieron que una corriente eléctrica recorrió las enredaderas perennes de cada rostro.

—Nos estamos pulverizando. —se dijeron entre sí.

Asimoh apareció con la brújula de Joseph McCarth. Al abrir el compás, esta onda expansiva del torbellino áureo cubrió los cuerpos de Lyosha y Evined Acalas.

Joseph McCarth se acercó a Ka'y'unah. La besó como nunca antes.

—Sackelie. —repitieron los dos.

El rastro de la enredadera perenne de cada rostro se unificó en un zarcillo. En ese gesto apasionado, tanto ella como él se introdujeron en las luces del día, y retornaron hacia la noche distante del sol de medianoche. La embarcación bautizada con la palabra sagrada-nativa fue arropada por las aguas oscuras del Frederick Sound.

XXXII

Las almas de Lyosha y Evined Acalas volvieron a la normalidad, pero confusos divisaron como los espíritus de Ka'y'unah y Joseph McCarth fueron envueltos por completo por el torbellino áureo. En medio de la madrugada, entre gritos de auxilio, llegaron a la orilla de la bahía Tahane, sin recordar el nombre del lugar. Cansados, pasaron las siguientes horas en un sereno sueño hasta las primeras señales mañaneras.

A las primeras señales mañaneras, la confusión entre Lyosha y Evined Acalas fue evidente. Pensaron que compartieron juntos una de esas madrugadas inexplicables en donde el alcohol dictaminaba las acciones del cuerpo y más que las labores por la búsqueda de oro en las rutas de Klondike eran extenuantes.

Al levantarse, visualizaron varias piedras de oro en la oscura arena de la bahía Tahane. Evined Acalas celebró porque el sueño áureo de Alaska le había tocado a él, aunque tuviera que compartirlo con Lyosha.

Lyosha divisó en el suelo una corona de piña áurea. Sin embargo, al tocarla tuvo una visión.

— ¡Suelta esas piedras de oro!

Le gritó intranquila a Evined Acalas.

— ¿No es extraño que encontremos estas piedras de oro sin explotación minera?

— La suerte está de parte de nosotros.

Hizo otra pregunta que preocupó a Evined Acalas.

— ¿Recuerdas que hiciste días previos? ¿Por qué están tan sobrio?

Enived Acalas reflexionó acerca de cómo Lyosha, que apenas lo conoció por algunas horas, sabía de su problema con el alcohol. Así, que le entregó las piedras de oro sin excusas. Las rocas áureas estaban bajo la protección de Lyosha.

Varios días después, Lyosha entró a la mina Bonaza hasta llegar a la cueva Beneke'h. Colocó las piedras de oro que encontró en la orilla de la bahía Tahane junto a la corona de piña áurea. Toco la cicatriz del pecho. Acercó su boca y sopló. De su interior expulsó un breve viento áureo. Posó su mano en la corona de piña áurea.

—Ahora están en su hogar. Gracias por enseñarme las consecuencias de la avaricia y la maldad. Tu familia regresó a donde pertenece. El legado ancestral de Sackelie debe continuar.

Al salir de la mina Bonanza se detuvo a contemplar el torbellino áureo desde el horizonte. El polvo rozó sus dedos. Los residuos de estas partículas mágicas acariciaron el rostro.

— ¡Gracias, Ka'y'unah! ¡Old Horizon te esperó hasta la inmortalidad!

Datos Autora

Dynainah Folks, nació en el municipio de Carolina en el año 1989. Posee desde el 2015 un Bachillerato en Artes con concentración en Educación Temprana y Elemental de la Universidad Interamericana de Puerto Rico. Novelista, editora, poeta, ilustradora, y autora de varios cuentos y relatos. Graduada desde el 2021 de la maestría en Escritura Creativa de la Universidad del Sagrado Corazón.

Recibió la distinción de mención honorífica y tercer lugar en el Certamen Literario de la Universidad Politécnica (2017 y 2018). El relato, *El Frenesí Nocturno de la Pasión* fue elegido por la revista The Libertiry Prose (2019), siendo la única escritora en representar a Puerto Rico.

www.ingramcontent.com/pod-product-compliance
Lightning Source LLC
Chambersburg PA
CBHW071153260626
47162CB00003B/1038